拨灯集

袁志坚 著

宁波出版社

目录

第一辑

将个人现实并入文化叙事
　　——评荣荣诗集《零碎》/ 003
诗的音乐性来自情感的连贯性
　　——读荣荣《失败之谣》/ 009
沉河：从沉吟者到性情者 / 014
自我观察者的言说
　　——读张执浩诗集《宽阔》/ 019
作为命运之地的旅途
　　——《证词与眷恋——一个苗的远征Ⅰ》题解 / 026
沧桑在内　通达在外
　　——《孔占伟诗选》序 / 035
风流何必问来历
　　——"金黄的老虎"诗集《鲁拜集》序 / 040
诗乃归途
　　——顾宝凯诗集《外乡人》印象 / 046

知识考古学与"务去陈言"
　　——阅读高鹏程的"博物馆"系列诗作 / 051

第二辑

灰烬里捡拾自由之火种
　　——读《南华录》有感 / 065
历史的必然性与小说的必然性
　　——评帕蒂古丽长篇小说《最后的王》/ 071
刍议作家与传主的关系
　　——杨东标《如意之灯》读后 / 080
不可遗忘的荒谬
　　——谈雷默短篇小说《告密》的反抗主题 / 084
笑是儿童文学最有感染力的语言
　　——评徐海蛟《孩子的世界你不懂》/ 091
共时性与历时性视角交叉的叙事
　　——读历史题材儿童文学作品《苏三不要哭》/ 096
在场与还乡
　　——评赖赛飞散文集《生活的序列号》/ 101
生命自觉与语言自觉
　　——兼谈宁波三位女散文家的语言特色 / 106

第三辑

作为媒介景观的书法实验
　　——林邦德"古道新履"实验书法展观后 / 123

别号、自我命名与艺术自觉
　　——林邦德《丁酉降》小议 / 128

出方入圆　笔写刀锋
　　——从方向前的创作谈用笔问题 / 132

书法与书道的对话
　　——观沙孟海与井上有一联展"看得见的思想"有感 / 139

文心游艺：孙群豪治印之路 / 144

取资宏博还是师法专精
　　——从张奕辰的艺术实践谈篆刻界的"讨巧"现象 / 149

自家面目最动人
　　——《李广南禅艺水墨》序 / 155

在山水之间安放灵魂
　　——兼论岑其的山水画创作 / 158

第四辑

名物与教育
  ——从《云中的风铃：宁波野鸟传奇》谈开去 / 177
顺命·顺时·顺生
  ——《中国年轮：从立春到大寒》里书写的智慧 / 185
妈祖文化是"海丝"申遗的宝贵资源
  ——祝贺《大爱妈祖：妈祖信仰在宁波》出版 / 194
期待一个更好的世界
  ——王宏甲演讲集《世界需要良知》的文化内涵 / 199
对传播学体制化的反思及知行合一的期待
  ——《传播理论史：一种社会学的视角》读后 / 211
对知识分子角色贬值的批判与反思
  ——《知识分子都到哪里去了》阅读笔记 / 224
理想之火从来都在静静燃烧
  ——《真相再报告：与18位中国知名记者对话》读后 / 236
未知恶，焉知善
  ——维庸、萨德、兰波带给我的思考 / 242
对新诗现代化的思考应该继续下去
  ——读《斯人可嘉——袁可嘉先生纪念文集》/ 249

后 记 / 255

第一辑

将个人现实并入文化叙事
——评荣荣诗集《零碎》

当前有些所谓女性主义诗歌,出现了两种截然相反的倾向:或"口红化",以假声献媚和矫喘滥情,逢迎感官消费主义;或"刺青化",以欲望反叛和女权扩张,对抗菲勒斯中心。二者均过犹不及。女诗人荣荣在诗集《零碎》中表达出新的气象来,没有谵妄或自恋,多了怀疑与拷问,将个人现实并入文化叙事,一方面敏于女性知觉,另一方面又否弃了性别极化。

作为诗人,荣荣的女性知觉异常敏锐。爱情、亲情,居家、游历,荣荣把尘世生活中很多细小的事情上升为诗歌事件,把孤立和偶在对接于常态和必然,把私人情感公开至共同焦虑。个人经验以非常勇敢、直接的表达,取代了知识经验的中庸、伪饰的表达,令人惊讶地传达了一种真实感,迫使读者追问自己是否处于类似的场域之中,是否回避了内心的软弱和迷思。这不是结构—功能主义对女性气质的文化屈从,也不是出于社会冲突论的女权抗争,因为二者皆易落入从男性视角观察女性的陷阱。荣荣不是像社会学家一样去探究自身与社会的变迁关系,而是抛开对性别差异的修辞来展开对生命意义的思考。她有着女性的知觉,却站在中性的立场。她注意到日常生活中不合理的分化,却超越了符号化和结构化的语义复制。

她从自身出发,写到对时间不可逆的惊慌,以男女对白的形式增强紧张感和间离感,而且她把这种惊慌视作远离孤独意义的非本真。诗中的男性是软弱、薄情、轻易表白、非理性的形象,而诗中的女性的回答,以无谓的方式消解了虚假的价值秩序和虚假的情感想象。所谓彼此试探,马上暴露出"唉,你何必那样!"的逢场作戏意味,暴露出急于脱身逃离的惊惶感:

"我是六十年代的　是不是老了?"
"近来我失眠　我想我爱上你了……"
"你是我能抓住的最后激情……"
"唉,你何必那样!"

——《实况》

她关注到在身体与爱情之间的错位和荒诞:

> 他劫掠了她两天还是三天
> 一个糟糕的入侵者
> 如此认真　谁也不想打扰
> 这不是双臂可以控制的距离
>
> ——《类似》

和《实况》一样,《类似》里揭示的男性、女性之间的距离是如此难以逾越,女性的主体性不是体现为对男性的反强制、反征服较量,而是体现为对强制、征服本身的彻底否定。作为行动者的男性,行为是那么勉强而缺乏自我。在现代人的生存结构和利益关联中,取悦是另一种入侵,引诱是另一种劫掠,灵肉的分离形成对抗,人性的虚伪像一张薄纸被诗人轻易捅破。

荣荣同样也批判女性的妥协,主张女性的去蔽,但是她的批判和主张又是温和的,甚至是包容的、同情的:"安逸是一只眼前飞舞的蝶/没有颜色的女人总被温情遮蔽"(《妇人之仁》),"在梅家坞　一个服务生/用扫帚敲打着桂花巨大的树冠：/这满地扫也扫不尽的阳光碎屑/轻易地与落叶和尘土混为一谈……"（《在梅家坞》）。她赞美的女性，不是刻意与男性对抗的，而几乎是人类共有的价值共同体："她要坚持一份长久的理想/我说的也是一个坚韧男子的品格/我说的也是一个朴素母亲的情怀"（《白洋淀》），坚韧、朴素，是角色互换的、共享的男性或女性气质，也是可能的、理想的精神属性，超越了不协调的、边缘化的性别取向，反而展现了宏大而优雅的心灵图景。再如她写的《庐山》，也是如此，没有性别隔阂，或是男女一体的："哦庐山　我要将你整个拿来/作一个人的比喻/你隐忍的雾霭　且刚且柔的群峰/垂直或弯曲的泉水所流露的激情"。

所以说，诗人荣荣不是偏执的、故作姿态的。她并不认同女性的特立独行和故意乖张，她虽然明白生命的破碎、虚空、做作和荒凉，但她仍然眷恋着爱，向往着美，追求着和合，存立着自在。对于男性，她在古典主义的憧憬中保持着女性的真实情感。在组诗《李商隐》（共九首）中，她在自白抑或对白中，虽然对尘世的伤感、失落、孤寂、无望挥而不去，但不受时空阻隔的情感诉求仍是永恒之梦想、经典之慰藉：

我会陪你继续　或者你陪我

不要青春　容颜　心不在焉的爱情

不要那些陈腐的教义　千年的空阔

你是风轻云淡时那缕不被吹散的阳光

而我会是你一个最自在的神情

————《李商隐·唯一》

这是摆脱身体叙事、摆脱社会结构的爱情观、人生观、宇宙观的高度融合，因为它不纠结于现实，不错乱于情欲，不局促于一念。

正是由于内心是打开的，任何隐秘，任何私念，荣荣总是写得无拘无束，甚至把大的山川气象往小里写，而不像有些人把小的东西往大里写，写得自然、切实，写得贴肉、在场，写得入情、合理，写得透彻、明朗：

突然就碰到一起了

突然就分出了彼此

一些事物便无法掩藏

————《在黄河中下游分界碑》

那一会儿　我挨着你

汉水开阔而迷乱

这清澈的几欲飞翔的水

这小段小段韩语江山的波澜!

——《突然喜欢上了汉水》

如果没有强大的灵魂和丰富的内心,怎么能写得如此哀而不伤、悲而无怨?

在此,我借荣荣新近的作品来看待女性主义诗歌写作,只是想说:诗歌只是诗歌,诗歌应背负诗学责任而非社会学责任。有什么样的内心就会产生什么样的诗歌,情感与价值皆混乱的内心只会产生一堆乱码。好的诗歌,总是向内的,也总是向上的。

(《零碎》,荣荣著,长江文艺出版社2011年3月第1版)

诗的音乐性来自情感的连贯性
——读荣荣《失败之谣》

近几年，荣荣在诗歌里反复书写中年女性之焦虑，尤其是更年期由身体的变化而引发的对时间的反抗、对人性之爱的怀疑。诗歌的情感是诗人在无情世界里创造的人性情感。换言之，从无情世界里创造出的人性情感必是诗性的。荣荣企图在诗歌里找到一种被欲望黑洞所吞噬的人性情感，那些尖锐词句撕扯着她对爱的渴求、对青春的怀念，在激烈的冲突中，她假借呓语、醉语，隐藏受伤的疼痛，但又始终没有逃离自我审判。自我抚慰并不能带来觉醒——这是一种消极的历史终结方式——而诗歌是在行进之中的，诗歌将诗人带往觉悟的彼岸。梦未必是真的，现实也未必是假的，在梦境与现实之间，诗歌是诗人自我证悟的航船。

荣荣性格里豪爽干脆的部分常常影响着她的言说方式，

情感外放，汪洋恣肆，却缺乏自我保护。有时候，她的语速太快了，难免因为少了一些语言控制而略显粗疏。不过，这组以谣曲形式写就的近作，却多了一些"讲究"。我相信，越是强烈的情感越是克制，只有在沉思过后，情感才是稳定的、深刻的。情感的叙事不需要空洞感叹，只需要少数的意象或细节，只需要讲述出于个体视角的事实。甚至，叙事者还会降低声调，放缓节奏。

这组谣曲就是一些经过了沉思的行吟曲。徐志摩说："一首诗的秘密也就是它的内含的音节的匀整与流动"，"诗的灵魂是音乐的"。谣曲是音乐的形式，也是诗歌的形式。谣曲是一种简单的叙事歌谣，它的歌唱性在于它只需要简单的语言，乃至只需要语言所不能实指的声调和肉身的气息；它的叙事性又适宜展示现实的戏剧效果，通过经验的分享而唤起人性的情感。但是，这种看似简单的而又古老的诗歌形式对于任何一个诗人都具有难度，它拒绝写作者虚伪的内心掩饰，它也拒绝语言上的任何分裂，非情动于中不可。荣荣之所以选择谣曲的形式来再书写有关中年女性"失败"之类的题材，我猜测，是因为她与谣曲不期而遇，她的表达更加质朴而合乎天性，在通向至情至性的途中，她把内心的冲突逐渐化解为低沉的歌唱。

谣曲的妙处在复沓，也在转折。这组诗中，《青海湖》从高远和明净、美好和激情的天地间，低回到悲凉和忧伤、咸涩和孤寂的人世间；《失眠谣》并未因为举目无亲、走投无路而熄灭星光，放弃爱情；《忏悔谣》在时光预设中，在千里之外，为寻求原谅而独自忏悔，赎回肉身；《爱人谣》恍惚于相见与背离的悲痛里，"青草由青转黄"，何尝又不能治愈于春风吹又生呢？《老年谣》更是具有催人泪下的幽默感："老年追着我像一只亲热的小狗／它追得那么快　像在追着不朽"。荣荣的歌唱不再有任何亢奋、执拗，而是更为深情、温暖，这样的浪漫色彩在越来越鄙俗的时代殊为难得。一首诗的面目和归宿，是从诗人如何自观而开始的，而诗人对爱的信仰决定了她并未绝望，并未生恨，也并未屈服于恶的力量。

谣曲在反复的吟唱中也可能编织语言的迷宫。《路人谣》以绕口令一般的句式讲述了一个令"我"心神不宁的故事，一段角色变幻不定的心路。"我"的心里对"你"难以辨认，忽而肯定忽而否定，既缠绵又错乱。中国古诗中有慢诗也有快诗。杜甫的《闻官军收河南河北》、李白的《早发白帝城》，一日千里，何其快也。李清照的《声声慢》欲说还休，欲罢不能。曲短声快，容易缺乏蕴藉，留不住情；调长拍缓，容易衍情过分，以致泛滥。《路人谣》时快时慢，技巧上不着痕迹，将急于表白又语出艰难的复杂情致充分表达出来了。荣荣在这首诗里展示了她婉转而绵邈的另一面。

荣荣终究是一个坦荡率性的诗人。在一首诗的结尾，常常不是虚设悬念，而是打开新的可能性："柳叶青啦　草原绿啦/他就要亲遍你十里麦垄百里草场"（《柳叶青》）；"蓝公渡　蓝公渡/渡他千回百转的愁肠打个结/渡她三生三世的牵挂没有头"（《蓝公渡》）；"高高的哀牢山撒腿跑野马/醉了的大男孩喊了干娘喊亲娘"（《哀牢山》）。无论是悲是喜，她都不会隐瞒，不会缩小意义，而是将命运交付于无限的诗意当中。荣荣把爱情的满足和失败都当作是体验不够的命运赐予，她一直不甘于浅尝辄止，而是试图穷尽更多的感受。某种意义上，每一首抒情诗在本质上都是爱情诗。诗人向世界求爱，尝试理解世界，尝试与世界沟通，渴望得到世界的接纳。而向世界求爱，需要更多地投身于世界，通过令世界惊奇的、奋不顾身的表达方式来不断扩大沟通的疆域，乃至永无止境。

从世界各国文学来看，谣曲都是来自民间传统，而现代派诗歌似乎为了追求所谓复杂性和不确定性而忽视了这一本源性的诗歌资源。最近鲍勃·迪伦获得诺贝尔文学奖，人们才想起洛尔迦、顾城等诗人其实一直在延续诗歌富有节拍的传统。在一首诗内部的逻辑里，情感结构始终是最为连贯的，任何不真实的表达都将破坏这种连贯性，而这种连贯性总是能够神秘地契合于某种音乐性的形式。荣荣用小谣曲的形式记录下这些与世界息息相关的情感叙事，让我们聆听到了她关于爱与生命的忧伤，而这些"真实的荡漾"突破了"柔软又柔软的暗的疆界"（《暗的谣》），弥漫成内心的音乐。这当然是优雅而沉缓的，不但让我们相信荣荣在形成语言机制上走向了自觉，更让我们相信她在处理与世界的关系上更加丰富了审美性情感，让心灵得以自由呼吸。而诗歌将引导人们从混乱的生命状态走向整体性的身心修养，无关焦虑或对抗，无关得意或失败。

（《失败之谣》组诗，荣荣著，《作家》2017年第3期）

沉河：从沉吟者到性情者

一、早期的沉吟

姑且把沉河早期的诗称为沉吟之作，姑且把早期的沉河称为沉吟者。

沉吟者沉浸在个人的世界里。专注于尽善尽美的生活，又为肉身的限制和现实的平庸而苦痛。沉吟者好高骛远，使用的语词是抽象、空洞的，企图表达的意义常常自相矛盾。令人惊异的是，沉吟者的语气是纯粹的气息，脱离了一切束缚和伪饰，甚至比儿童的呓语更加令人不忍，令粗糙而麻痹的灵魂感到柔弱的吹拂。"惚兮恍兮，其中有象；恍兮惚兮，其中有物。窈兮冥兮，其中有精；其精甚真，其中有信。"这个虚幻的世界或许萌发了道。

但道又不真切，或者说，道不显现。沉吟者一直在寻找"我"，寻找漫无方向，苦于道之隐没。他为无关的事物而敏感，为无谓的联系而受伤。在虚无中寻找永恒,在未来寻找当下,这无边无际的寻找,是徒劳的镜中寻梦。沉吟者把移译的哲学当作灯,把语词当作镜,把人生当作梦。哲学太多明亮,镜子只有反光,照不见事物;哲学过于晦暗,镜子里只是黑暗的深渊。沉吟者是盲目的,孤寂无依。他的孤寂无依击中了另外的盲目的人,除了悲伤,只有同情。这样深深的悲伤和同情,足以令人感到与世界之间无比遥远的距离。沉吟者打开了陌生的空间,或许这个空间才是真实可信的。

沉吟者看不到完整的镜像,每一首诗都不完整。每一首诗都在等待另外的诗,也许所有的诗加起来,也不足以呈现一个完整的镜像。但每一首诗和另外的诗都在作同一的表达,彼此模仿、印证、覆盖、对接、重复,反复表达一个主题,好比西西弗斯的命运。沉吟者写下自己的寓言:"前方竟是过去,返回却是未来"(《寓言》)。

二、世纪之交的疑问

20世纪90年代末期,沉河在诗里开始不断提问。在《虚无的燃烧》里,他"想使自己找到一种秩序/一种生存的秩序,我所需要的,又不是/为了生存",他虚拟了与"小姐"的对话,对话又是在"没忘挂上窗帘"的场景里展开,其实只是自我的诘问，对这个高度世俗化的时代进行危险的探寻，质疑"这是上升还是下陷"。这首诗有太多问句，提出太多问题，诗人多次修改，其实缘自问题纠缠不休。

这期间，他写得很少。他的内在矛盾尖锐，悲鸣、叹息。他划清界限，决裂过去与未来，这正是世纪之交的选择：

> 我们走向深渊，是存在理由的。
> ——题记
>
> 我看见一个人爬上山顶
> 又下来。专心致志
> 用钉子钉头
> 用石头砸脚
> 我听见他全身的悲鸣
> 然后，他叹息："毁掉我
> 毁掉这一个我"
> 我相信
> 他的另一个我，过着
> 美好生活
>
> ——《美好生活》

这首短诗对于沉河本人的写作具有划时代意义。他随即写了《六诗人》，从中国古代伟大的诗人屈原、陶潜、李白、杜甫、李商隐、苏轼的作品里，他寻找自己的精神来源。这是新的来源，与诗中之"我的生活""我的时代"关联的来源。他开始明白"写作原是我自己"。在2001年写作的《飞行》中，他也许完成了血肉模糊的转折，"我即将从此时沉默/重归人群"，"我即将感到的等待/替代了抒情"。世纪交替几年间，沉河写得很少，他一直在发问，思考的过程即是沉默。

三、中年的随性

从2006年开始，沉河用诗记载自己的日常生活，游历、饮酒、感时、酬和，他把对人和事情的感悟记录下来，他开始使用具象的词，人名、地名、日子、景物都可触可闻。他使用散句，也使用成语，语气随和散淡，意义明白简朴。沉河感受到了人间的可能与不可能，也尊重言语的过渡性和有限性。追求诗性的生活，或许更实在。他解读自己命定的名字："我的理想诗：随性之书"，"这就是属于我命里的一个字：性"。(《性》)这是中国人传统的智慧，不再对抗、诘辩，而是调和、顺应。

这有些类似楚地的唐代诗人孟浩然。有意摆脱权力社会的抑遏，在文人圈子里互相怜惜，在自然风物里感受鲜活，寻找超越现实的趣味和美感。沉河阅读佛经和老庄。道者，导也，沉河在随性、达命中修习和引导自己，接通了切身的道路。一个句子连接着一个句子，顺势而为，随意而书，而不是像早期作品那般忽然跳跃，顿生歧路。这些即兴之作、随性之作，保持了沉河早期诗歌的细腻、微妙、敏感，又有转折时期诗歌的开阔、深入、生机，富有情态，也不离思想，多比兴，情景交融，属于成熟之作，更显现诗人的本心。

不过，我揣度诗人并未脱离内心的苛责，并未佯醉于眼前的美好。他历经了个人的自我嫌恶，见识了外界的集体耻辱，他的价值重建过程风雨猛烈，他岂不关心周遭、众生、国家？唯美之路毕竟狭隘，现实之困不可遮蔽。

我期待沉河以傲岸之姿，面对滚滚红尘和流俗。似乎这随性之书落笔太早，中年应该书写批判之书。当然，这近乎强求，请沉河谅解我的蛮见和偏见。或许更加痛心疾首之作，可以诊疗更加深沉的精神之伤。

（《碧玉》，沉河著，长江文艺出版社2013年9月第1版）

自我观察者的言说
——读张执浩诗集《宽阔》

一个写作者,有代表作不易;每一个写作阶段,在放弃与转型中,产生新的代表作更不易;而找到自己的言说方式,殊不易。从《宽阔》所展示的作品及气象而言,我认为,张执浩已经找到了自己的言说方式。

这个言说方式是怎样的呢?总的来说,是开始了一个自我观察者的言说,是孟子所称"万物皆备于我矣。反身而诚,乐莫大焉。强恕而行,求仁莫近焉"的书写。这是我的理解。而张执浩自己的理解是"目击成诗,脱口而出"。

我认为,"目击",是"自我观察",是"反身",即向内的自我审视和自我理解。物象与心象的关系,不是心投于物,而是物备于心,能认识、理解万物而不是将其变形、曲解。我认为,"脱口而出",就是不假思索,心口一致,是真诚的、无欺的、主体性十足的言说，指向"乐莫大焉"的终极安慰。王阳明《别诸生》诗云："不离日用常行内，直造先天未画前。"打开自身的存在，体会自身的实践，良知出于本真，日用常行显现出诗与思，"目击"即是"不离"，"脱口而出"与"直造"都意味着去蔽之意义、先验之鲜活。

这是执浩的重大转向。也可以说，中国当代诗需要这样去除矫情之气、暴戾之气的写作，回到平常心，回到尽物之性、发乎本心上来。对于读者有亲和力的诗，首先是物我亲和的。

执浩刚开始写诗时，就有了《糖纸》成为其代表作，那时他写得有才气，语言精致、单纯，物象更多地表现为介质性的。打个比方，"糖纸"只是一面镜子，作为观看的中介，还不是对象性的。文本更多地由词作为动力，一个词推动另一个词，一个想象引发另一个想象，如滑翔的状态，是不及物的。进入新世纪，他写下了长诗《美声》，语言有了重量，意象、结构、主题都复杂起来，那时生活给了他一些打击，"最亲的人正从最广袤的田野上消逝"，"低于大地的人在默默回忆"，"一个人老了，另一个人/将接过他衰老的容颜"，他不得不由"一个害怕成长的人"，转而"宁愿彻底地老，仿佛岁月真的无情"，这提前的衰老使他开始观察现实。这首诗里的物象具体、细微、形而下，生活的细节变得尖锐，诗人不再是一个理想化的审美者、梦幻者，"最后的高音／正在攀爬虚拟的穹顶"，现实和将来要求他"勿需闪避"。他这样概括自己的状态："我想抒情，但生活强迫我叙事"（《岁末诗章》），写作由此饱含情感。2003年，《高原上的野花》令张执浩另开面目。这首打动人心的诗，是沉痛和悲愤过后释放的大爱、大悲悯，也使他的写作进入一种即景式的阶段，他重新回到抒情，只是这是大地上的抒情，抒情里深藏着个人经验，抒情里有各色各样的人间故事。他敏于观察世界，并有了清晰的个人立场和价值标准。当然，这也决定了他尚处于诗风多变的探索期，世界本身是多变的，有太多不确定性。同时，一个问题也值得注意：如果一首诗里注入太多的东西，太自我沉浸，这首诗留下的空间也可能是让人紧张的。大致从2008年开始，张执浩开始写得富于智性和趣味，一个人心智的成熟，意味着他的言辞精简。他不需要借助太多的修辞，而需要做减法了。他在日常生活中体悟到诗意，因为他已知晓日常生活的不可对抗，他与日常生活进行了和解，他在善意地对待生活，亦即善意地对待自己。所以，他从外而内地观察自己，从那些容易被忽视的、几乎程式化的生活中，他发现了生命的鲜活，发现了即使是"哀求着的生命"，也"是很有意味的"（《仿<枕草子>》）。他的写作，已经不必造作，豁然开朗。这几年,他的一首又一首短诗,就这样流露而出,并且让他坚定了"目击成诗,脱口而出"的言说方式。

对此,我曾与执浩讨论,说他写得越来越真,不再是绷着写。平常我们读到的很多当代诗都是拧巴的,语言纠结、意象隐晦、结构错乱、价值混乱,勉为其难地故作姿态、作深刻状。其实清晰、精准、有效率的表达才是好的表达。执浩给我的回复只有一句话:"我自觉心态比较好。"说完,他以微博私信告知"在煨鸡汤。回来再细说"。

我知道他是个好厨师,一个生活的调和者和趣味的尝试者。我把他写厨房生活的两首打鸡蛋的诗,抄录如下:

> 从冰箱里摸出两颗鸡蛋
> 必定有一颗是主动的
> 被动的那颗在左手,有点沉
> 你试着用力试着
> 让它们相互搏击
> 先破碎的,必定是右手的那只
> 每次都是这样
> 现在,它们沉浸在碗底
> 再也区分不了主动与被动

你拿起一对筷子搅拌它们

你越搅越快,等到你慢下来

油锅已经不耐烦了

每次都是这样

每一口油锅都缺少耐心

——《小实验》

还有什么比打鸡蛋更有趣的呢?

当我决定用破碎来成全

你,还有什么

比赤裸的撞击更带劲?

往往是这样:两只鸡蛋

有着几乎孪生的表情

平静中蕴含危险,这一端

是暴力的,而那一头有暴力的加速器

我把一双手分成左右两只

我把我分成快乐和悲伤两部分

我一天打一次鸡蛋

很久没有听过鸡鸣声了

很久了,我靠这些蛋壳维系着

似有若无的

我与你

——《打鸡蛋》

我不对这两首诗作文本细读。我要说的是,这样的诗,意象单一,语法简单,结构开放,是符合"诗无达诂"的期待的。它们打开了一个谁都不可能不熟悉的情境,但让不同的人看到了这庸常而琐碎的生活背后,有着不可忽视的差异性。张执浩的视角转换如此自如,从对两只鸡蛋、两只手的观察开始,继而观察到打鸡蛋的自己,观察到自己和物的关系、和他者的关系,令读者不由得警觉地寻找主体所在,寻找陌生的自我,把那些隐喻还原到具体的人与事之中,从而提炼出高于生活的感悟。

这些诗松弛的语言留下了太多的空白。空白,也许就是"宽阔"的同义词。作为读者,我填补这些空白的方式,就是和张执浩一样,贴近"目击"的事物。或者是温和的:"我买到了蛾眉豆。/这让我满心欢喜""因为她,/我离你近了许多"(《蛾眉豆》);或者是体恤的:"蘑菇说:'酱紫,酱紫……'/木耳听见了,但木耳不回答/蘑菇与木耳都想回神农架"(《蘑菇说木耳听》);或者是悲伤的,但这悲伤是柔软的:"如

果根茎继续说 / 它会说到我小时候曾坐在树下 / 拿一把铲子，对着地球 / 轻轻地挖"(《如果根茎能说话》)；或者是愤怒的，但这愤怒是微弱的："他愤怒的表情是一只拳头 / 使再大的劲也有空虚"(《一只手的表情》)；或者是虚无的，但这虚无是美好的："我在你细嫩的左腕上画出了圆满 / 和单一：三根指针归零 / 我们的故事没有结束没有开始"(《画表的人》)。或者，"宽容"是"宽阔"的另一个同义词，张执浩的诗里，虽然也有批判和警惕，但他不夸饰疼痛，不激化冲突，他甚至用上一些近乎卖萌、玩笑的语气和词语，真的是"心态比较好"。这个懂得自嘲的中年人，理解了生活，理解了万物，开始把诗写得像寓言。他用贴近、亲和的方式观察自己，他让我们学习左手握住右手而不是相互搏击，学习接受快乐和悲伤乃至用破碎去成全，学习用一首脱口而出的诗来抚慰无奈的自己。

(《宽阔》，张执浩著，长江文艺出版社2013年10月第1版)

作为命运之地的旅途
——《证词与眷恋——一个苗的远征Ⅰ》题解

  太阿是我一见如故的诗人,不仅因为年龄相仿、性情相投,而且,类似的成长经历使我俩能够对很多事物的理解心照不宣。上一次出诗集,他命名为《飞行记》,新寄来的这本则命名为《证词与眷恋——一个苗的远征Ⅰ》,估计下一本就是《证词与眷恋——一个苗的远征Ⅱ》。飞行也好,远征也好,都是他写诗的状态。他的诗是在路上写的,这几乎成为他的写作路线——他不断地把向外求解与向内思考联系在一起,这是一种哲理性的主动探索。汉语里有一个词,"问道",似乎可以概括这种写作方向。

  我将对"远征""一个苗""证词""眷恋"进行个人化的解读,不知与太阿的原意距离如何。

一、远征

据我的直觉,"远征"这个词来自另一个湘人,他是诗人也是军事家,以征战和胜利为浪漫主义、乐观精神,"不怕远征难"。太阿也熟悉里尔克的诗句"有何胜利可言?挺住意味着一切"。在里尔克看来,"所有发生过的事物,总是先于我们的判断,我们无从追赶,难以辨认",没有什么胜利可言。逝者已矣,时光难逆,而生者不易,苦难依旧,谁来拯救我们呢?在逆境忍受,在崖边挺住,在此岸活着,就是一种精神自守,就是一种神圣超越。因此,我更倾向于把太阿的"远征"解读为"自我征战",他要穿越迷惘而走向醒悟,他要打破经验的锁链而迎接不确定性,他要在苦难中修行、修远,前路漫漫,一步一步自度。

所以,太阿在路上的思考是亲历而超然的。他亲历世界文明的不同遗存,亲历历史场景的当代延伸,亲历活生生的人类生存现实。他在毁灭中发现荣光,在荒谬中反观严肃,在废墟上拼接碎片,在坍塌的上层建筑中挖掘被埋葬的隐秘人性,在结痂的伤口深处抚触失去叫喊的疼痛,在死寂的墓穴尽头照见鲜活的面孔,在集体记忆中清理出个体价值。这不仅是空间意义上在场的见证,而且是时间意义上共时的呼应。他的超然在于,对于所有发生过的事物,无须再做判断,只需接受与铭记,让这些事物开口说话,把一切曾经"正确"的标本晾晒出来,让每一个名词回到它的本位上。没有亲历就是被蒙蔽,太阿在旁观中自观,他对自己的知识性经验进行无情质疑,他驱赶头脑里的一个个他者,他在密集的名词中寻找一线光,他要释放被禁锢的灵魂,这使他的"远征"变成了一次次脱胎换骨,他杀掉了无数个附身其上的虚假自我。

这个过程无疑无比痛苦。在《判决》中,太阿开头写道:"一旦走向佛罗伦萨,那将是 / 一次畅游地狱、炼狱和天堂的奇妙旅行。/ 阳光明媚,我知道,自己在人间,/ 必须选择一条但丁的令鸽子飞翔的石头小巷 / 前往天堂。"结尾写道:"接着,谈谈我这一生——/ 一个苗远征的昨日与今日伤痛。"这首诗是献给但丁的。这位写下地狱、炼狱和天堂的伟大诗人,被教皇控制的法庭审判,不允许回到家乡佛罗伦萨,因此,但丁至死都没有回到自己的出生地。而在 2008 年,佛罗伦萨议会撤回了对但丁的这一判决,允许诗人回到家乡。这是一件多么令人可笑却一点儿也不可笑的事情!对于但丁来说,这个迟来的判决失去了意义;而今天对于历史的判决,又真的需要由一个机构做出吗?"在人间",相比于"一次畅游地狱、炼狱和天堂的奇妙旅行",是如此切身体己,"昨日与今日的伤痛"毫无二致。一个人的自我杀伐或曰脱胎换骨,不是凭空而起,而是灵肉一体,是人间里并存地狱、炼狱和天堂。在诗中,太阿附身于但丁,以但丁的口吻,戏谑又庄严地"兜售各式各样古今中外的判决书"。对于一个诗人而言,只有自我判决、自我救赎才不是诡谲的,由此,苦难才具有意义。

二、一个苗

"一个苗"是一个地方性符号。太阿也许要以此对应他的世界性题材书写。在一个全球化的时代,一个碎片化的时代,一个很多人不知来历的时代,太阿要强调自己的地方性,强调"少数民族"的眼光,强调文明的多元化传统,强调"一个苗"与世界的平衡。全球化的另一面是趋同化,是去根性,显然这也是背离诗性的。"一个苗"的地方性意义,在于它是原生的生命表现,而没有被全球化资本、全球化意识形态剥夺其丰富的存在秘密。"没有军帽和马刀,那就嵌入诗篇和湘西"(《在新圣女公墓》),"一切都是合理的,不合理的只有时间,/激活传统、语言,酝酿新的飞翔。"(《飞越或经停》)"湘西"(家乡)等同于母语、传统、诗篇,太阿以"一个苗"的语言或诗篇与世界对话,他甚至在异域风景中寻找"文明的乡愁","远征"与"还乡"成为一种双重性、双向性的精神交往。

"一个苗"也是一个命运符号。太阿在别人的国度中强烈地感受到了世界的陌生。虽然"一个苗"以见证和眷恋世界之心去试图拆除壁垒,彼得斯所言的"交流的无奈"却提醒他融入任何一个新的空间是困难的。"巨大的冷气仿佛陌生的语言,/曾经热烈拥抱,如今相对无言","我在黑暗中再次念叨无法触及的光明。/与地球自转相背,是一种宿命。"(《飞越或经停》)这样的冲突感让"一个苗"对"远方"的意义产生了怀疑。在塞纳河畔,他甚至感到了自己与世界"没关系":"我和你及世界的关系,恰似船,一直在寻找/毫无意义的渡口""此刻我正穿越桥洞,头颅上的车辆/来来往往,我看不见他们,/他们也看不见我,/仿佛没什么关系,对,没关系。"(《关系研究》)由此,他在寻找一条河的源头,对家乡的依恋产生了更复杂的情感。"我想乘一艘船去依云小镇,/但找不到一艘慢船,驶过深蓝,清澈。/我的慢船在回湘西的路上。"(《慢船》)我从中读到了忧伤和无奈,一种慢船般的漂泊感,一种孤岛般的疏离感,一种宿命般的流亡感。不过,太阿还是执着的,他仍在仿佛无意义中寻找意义,从陌生中寻找诗篇。对远行中的"一个苗"而言,陌生化的语言也许就是诗的语言。

三、证词

在这本诗集里,从俄罗斯、中东欧、西欧、北欧到北美,从东方到西方,从风景地到历史纪念地,从空中到海上,太阿随着足迹所至、目之所及、思之所忆,展开了名词的全搜索。这本诗集几乎是用地名、人名、历史事件、象征性名词、意识形态术语、流行语,乃至菜谱、器官、色彩、引文、数字、知识碎片等五花八门的名词串起来的。他用代数的思维(太阿大学毕业于数学系),将所有这些名词都代入到一个不等式中,几乎不依靠想象,而是见证式的复述与再现。这个不等式在太阿的解构之下又得到一个个步骤的简化,摧枯拉朽一般,最后求证出一个否定性的结果。他消解并否定了之前的所有知识、见解、经验,他用严肃而悲哀的语言营造了反讽而祛魅的效果。他让这一堆概念成为碎屑,而它们绝不是什么意象、隐喻、象征,也绝不是什么诗意、审美,它们并不暗示什么,它们直接指向这个物化世界的危机、残酷、荒诞、虚幻。诗歌通过这些名词,通过这种互文性方式,深深地介入人类的生存境况当中。在这些名词的深渊里,人性的微弱之光摇曳。见证这微弱之光,才会眷恋世界。

四、眷恋

《证词与眷恋——一个苗的远征Ⅰ》终究是一本抒情诗集。诗人的心，终究是一颗柔弱之心。在求索式的远行中，在对不同文化的比照中，太阿终究没有放弃对人性的关怀，尽管他发现世界上出现了那么多戒律的残酷、那么多理性的极端、那么多强权的恐怖、那么多技术的钳制，人总是企图僭越，自以为真理在手，自以为能力无边，凌驾于人性之上。但是，他没有陷于绝望。他在问道，问生之意义，任何意义都胜于无意义。远征，就是让意义战胜无意义。

他对世界的眷恋落实于个体尊严的确认上，因为诗的本质乃是人的本质，因为基于人的自由平等才能实现文明的共生、交流、融合，而不是对抗、宰制、灭亡。"自我放逐，就在阿尔卑斯山，天使镇，/摈弃了恶魔，放弃了高峰，就在这里转悠/一个下午，最好是人生的下午。"（《放逐天使镇》）"在洛桑，我就想这样漫步，比马拉松漫长，/不管早晨、黄昏、深夜，/一直走到湖水和天空消逝的地方，/无数游艇桅杆升起太阳、月亮、星辰。"（《洛桑漫步》）"我这样想，在巴黎，寻找情人可以这样进行：/做一棵车站前的梧桐，列入'树木报告'名单，/这样就不会再受侵犯，这样就可等候末班车，/越来越多的人聚集，彼此亲近，/不分彼此，不分主流非主流，不管古吕或珍妮·阿弗里尔，/ 一到春天开花一片，一到秋季落叶一地，/ 神奇密语，令奇迹出现。"（《情人》）这些美好的体验和愿望，充满悲悯与谦卑，珍视生命，珍惜时间，珍爱和平，闪耀出人性之光。这时，便可理解太阿的见证不是冷眼漠视，他有着一颗忏悔的心："我终于看见'居住在城里的野蛮人'/ 脚踏自行车环湖游行，赤裸裸生活，/ 我蹲在格朗大街40号的大门外边一角，/ 做一个手艺人，修理着一块叫时间的表。"（《日内瓦的忏悔》）

五、结语

雅克·德里达把思考的情境设置于路上。他说，在旅途之中思考（to think in travel），或者去思考旅途（to think travel）。在离家之旅途，在对远离（being away）家的未知之地的向往和承受之中，思考是精神的流亡，非陷于肉体的迁移。精神的流亡空间，是一个充满痛苦、难以融入的领域，又是一个等待发现、相对自由的孤岛。诗人最多视之为命运之地，而非终极之地。人生是一次旅途，太阿将难以停下他的脚步。他在途中思考，他要去更远的远方；他一次次离家，因为他要发现新的自我，他体会到已知的局限如何阻碍了自己的视线，他在未知和不确定中去追赶自由。这本诗集的后记的最后一句话,"一个苗的远征,仍在路上",表明了他矢志不移的期待。作为一个行者、一个思考者、一个写作者,他的命运在路上继续坚持着痛苦,继续欣慰于自由。

(《证词与眷恋——一个苗的远征Ⅰ》,太阿著,百花洲文艺出版社2017年7月第1版)

沧桑在内　通达在外
——《孔占伟诗选》序

2017年夏天,我随团去青海采风,认识了海南州文联主席孔占伟。几天相处下来,发现他粗中有细,善解人意。他给采风团提供了周到的服务,但是言语不多。偶尔也来几句冷幽默,或是自我解嘲,或是配合别人的玩笑。没有经历一些沧桑,哪会这般通达?采风团团长、著名诗人荣荣回答我:"孔主席也是一个诗人。"

回到宁波,读到孔占伟寄来的诗稿,我更加感受到他是个有情有义的人。我的眼前浮现出他满是血丝的面孔。刚到恰卜恰时,我担心不习惯高原的气候环境,孔占伟安慰我:"高原反应不可怕,高原人也有高原反应。你看我脸上的高原红,其实就是由高原气候引起的。干旱,风沙大,再加上缺氧,毛细血管一扩张,瘀滞的血丝就显露在皮肤上了。"占伟的诗,对高原非常敏感,几乎每一首诗都和青海有关,几乎每一句诗都好比是毛细血管在扩张。他在高原上得到的爱和受过的伤,都表现在了字里行间。

他把生活在高原上的人们,比作尘埃,比作种子:"我爱这样的季节/爱暖暖的尘埃/尘埃中的小小分子/爱它们仿佛存在过又没有存在过""我爱这样的季节/爱苦难的漏洞/漏洞里逃出的一粒粒种子/爱它们经历了一次次生与死"(《爱在秋天》)。这是出于饥馑、卑微、苦难而产生的向往,又是来自善良、本分、热爱而表达的感恩,在收获的季节,占伟将生命理解为"仿佛存在过又没有存在过""经历了一次次生与死"的奉献。这样的诗句打开了一个极其苍茫、辽阔的世界,然而,只发出了极其低沉、谦卑的声音。这样的诗句有着超拔的高度,然而,"始终不自以为高大/始终保持着对大地的谦卑"。对于诗人而言,"海拔接近三千公尺/这是每天跨越的高度/除了接近大地的内心世界/我始终把这个高度当成地平线"(《我的地平线》)。占伟的诗歌伦理是基于生存伦理的,他的笔下,自然而然就是对高原上顽强不屈的生命的赞美,而不是像那些外来的观光客一样,把恶劣的生存环境当作陌生的风景,当作虚幻的世外桃源。这就愈加显得他的审美情感是合乎理性的,不做作,不轻浮。

具体写到生命的个体,占伟的笔下更是饱含疼痛,毫不隐藏、躲避。他给不识字的弟弟写诗:"弟弟不识字的事常常折磨我的心/又让我自惭形秽/生活在城镇和生活在乡村/识字的我与不识字的弟弟/面对滚滚红尘/是谁袒露了最朴素的东西/给弟弟写一首诗/我的表达始终显得苍白"(《不识字的弟弟》)。他给高原上无名的女孩写诗:"与季节说好的悄悄话/她已经兑现了/她把成片成片的喜讯/带给秋天/她用艳丽谅解了高原的寒霜/她是穷人家养大的女儿/有着苦涩的芬芳"(《九月菊》)。他给公路边卖花的孩童写诗:"几个孩童/在公路旁边一字排开/手握一束束沙枣花/叫卖/声音忽高忽低/很甜/犹如花的味道""那一张张稚嫩的脸/是花香/是遗落在节日里的/伤感"(《六一,在康扬镇》)。他给很多的亲人写诗,也给很多的陌生人写诗,这些诗流露出对共同命运的感同身受,没有任何的道德优越感,相反,有"自惭形秽"的反省,有对"苦涩的芬芳"的赞美,有对美好的伤感,有对苦难的谅解。占伟写的这些诗,是大地之诗。众生谦卑,众生平等,他的目光是贴着地平线的,是敞亮无碍的。他是诚实的高原之子,写出了高原深处的苦难记忆,但是,仍将自己的故乡视为一个美好的世界。他对高原上的一切,充满了体贴,更充满了敬畏。

占伟也写天空之诗,也有形而上的思考与领悟。他并不将自己封闭在具体的现实里,并不将爱束缚在这一片土地之上,而是让爱流动起来,在土地和天空之间,在人性和神性之间,自我充盈,循环往复,与命运对话。他写神圣而崇高的雪山,写梦想一般的流云,写金色太阳的种子,写肆虐的风雪和长久的干旱。譬如写干旱,一首《怀念》只有短短四行,却蓄满力量,连绵起伏:"所谓干涸/是土地对天空的/怀念/一滴眼泪的分量/能把心底的秤砣/挑起",一滴泪水后面是滔滔江河,能掀起读者内心的滚滚波澜。占伟出生于黄河上游的贵德,他写黄河远去的诗句具有寻问终极的哲思:"我们翘首企盼/各自成岸/那永远不能交汇的/此岸 彼岸"(《黄河远去》)。他走到外面的世界,走到三亚、海口、宁波,走到大海边,总是把高原和大海联系起来思考:"我想起高原之上的故乡/在远古/也是一片博大精深的海洋"(《今夜,我在三亚听海》)。占伟的思考,有不断自省的理想色彩:"在海口,我辗转反侧/彻夜未眠也找不到合适的理由/怎么把高原和大海均衡地/分布在我的性情之中"(《海口之问》);也有面向永恒的宇宙意识:"在高原的低调中/在大海的张扬中/在高原隆起大海一样的宽阔中/在大海跃动高原一样的连绵中/人类经历的变迁/远不及宇宙的变迁/但高原和大海

/ 足以给人类无穷的启示"(《大海的味道》);那情理交融的瞬间超越,尤其富有灵性:"身披高原的雪 / 海拔渐渐在身后隐退 / 半天工夫 / 飞行的高度超越了时雪时雨的纷纭 / 距离之外 / 高当然是相对于低而言 / 是雨　是雪 / 是江河 / 是大海 / 都从高处下来 / 之后又沿着波澜 / 上溯到平静得有些冷峻的高原"(《在宁波感受波澜》)。我不禁想起古波斯诗人鲁米的诗句:"宇宙的一切都在你的体内,向内寻求一切的答案"。占伟感受到宇宙巨变,感受到沧海桑田,是因为他的内心发生了巨变。他的内心是阔大的。

领悟了天道行健的诗人,下笔绝不孱弱:"树与风的距离 / 是一种隐喻 / 树是书写天空的一支笔 / 风删除了一首孱弱的诗"(《那棵树》)。占伟的诗,语言虽然朴实,甚至有些粗糙,但是不飘忽、不柔弱。在一首诗里,他总是专注于少数意象,甚至只专注于一个隐喻,诗的语言和结构都很简单,但是感情并不浮浅,诗意并不贫乏,能够给人以力量。我想,这就是诗如其人吧。

(《孔占伟诗选》,孔占伟著,宁波出版社 2018 年 6 月第 1 版)

风流何必问来历
——"金黄的老虎"诗集《鲁拜集》序

我迁居宁波的第五年,大学时候的"诗兄"冰马得知我恢复了写诗,建议我认识"金黄的老虎",称呼是亲切的:"老虎"。我和老虎用微博私信约了一下,便在本雅明咖啡馆见面。他带了已出版的诗集《烟草史补遗》和《春服既成》,我带了一些新写的打印稿。第一次见面,我们先是埋头读对方的文本,直到各自抬起头,直接陈述诗歌主张。谈话并无什么试探性、过渡性。老虎的诗,抓住了我的第一眼;老虎的行事做人,也让我很自在。

后来我们用微信作了更深入的交流,互相转一些文字,不局限于诗歌。我在湖北有些故交活跃于诗坛,我碰到他们便说起老虎。他们一致认为我和老虎交往是一件好事,不仅因为老虎的诗歌作品优秀,更因为老虎的内心和外表一样斑斓。张执浩作为《汉诗·创造》主编之一,很多时候从网络上选稿,所以他熟悉老虎的创作。余笑忠很早就在"诗生活""界限"上出没,他说老虎也是早期"诗生活""界限"的活跃分子。冰马是"硬骸"的成员,他与老虎是网上的老友,虽然未曾谋面。老虎曾自述,他在"早班火车""流放地""若缺"上也很活跃。2015年4月在北京,《人民文学》主编施战军自曝和老虎是十多年的网友。以施先生学院派的眼光,与老虎打得水深火热,可见老虎在网络空间的影响力。

老虎很想让我加入诗人群体,也许担心我独自写作会落伍。他先后两次邀我加入微信群。一次是拉我进入一个他自建的群,有一百多号人,我一进群后很快就退出来了。一是反感有人没有节制地贴"作品"自炫,二是反感肉麻而没有标准的互相吹捧,三是厌恶有人满口脏话地辱骂比他们更"有名"的诗人。我觉得有点对不住老虎,但他非常厚道地对我表示理解。第二次是湖南的"明天"搞了一个群,开诗人的作品研讨会,这个还是令人称道的,发扬了网络论坛时代"拍砖"的传统,也有主持人引导和组织发言,剔除非诗的言论。那天是评老虎的诗,我很想去说几句,但又太怕热闹,临阵退缩了。事后看了老虎在微信上发的一个比较完整的记录,觉得懂得老虎的诗人还是有的,我不必自作多情,以为自己才是老虎的知交。

老虎是网络论坛时代成名的诗人,但他并不刻意漠视体制,相反他关心时事和历史,他的诗歌把个人体验和集体记忆巧妙地结合起来了,他的视角往往选择社会事件中的细节。或者说,他从复述细节入手,从粘贴碎片入手,叠加出一幅幅疯狂而真实的人间图景。他让人感受这个世界曾经有过神奇、隐晦、不可言说之玄妙,如今只余存现实、虚假、技术宰制之暴露。他试图书写一个人的成长史。他的诗歌有很长的景深,把一个人的梦幻、惊惶、焦灼、虚无等各色精神出走的瞬间清晰地凸显于看似模糊的时代背景之上,人的心理和人性是同样复杂的,也许时代更为复杂。他的诗总是试图揭秘一个复杂的时代。

《人民文学》副主编邱华栋2013年来参加"宁波文学周"活动,我们仨一起喝茶。华栋喜欢老虎的诗,称赞其"不知来历",写法独特。老虎第一次和我见面时也说他在写诗方面"无父无兄"。他的诗歌里有一种令人迷幻的气息,我们共同的朋友李以亮称之为"肉身气息"。但是,这种气息不是下流的而是风流的,不是惹人分泌肾上腺素而是令人忽然陷入空无,不是为了取悦旁人而是为了反观自我。老虎的这种肉身气息,流露在他很多的艳情诗里(艳情诗是西方诗歌传统中的重要组成部分），他的想象力是由热而冷的，他赞美爱欲却否定被玩坏了的尘世。他倾诉的对象穿越古今中外，包括诗人、模特、娱乐明星、政治家、村姑及陌生人，包括少女、贵妇和不辨年龄的天使、狐仙鬼怪。他的早期作品《烟草史补遗》和《在黔香阁》代表了两种截然不同的路数：前者似乎是一则明清笔记小说，后者似乎是一段后现代主义的摇滚歌词。作为虚无主义者的老虎是害怕衰老和死亡的，作为审美主义者的老虎又是警惕粗鄙和堕落的，所以，他常常打断意淫而归于反省，常常在重色渲染之后无情解构，一个人身上深藏慈悲喜舍的四无量心。从骨子里说，老虎的诗是无邪的诗，他自己命名为"大悲咒的旋律"。

玄学派诗人约翰·多恩是写艳情诗的高手，后来写政治诗和神学诗，风格奇诡，想象丰富。我觉得老虎有些像多恩，善用奇喻，即一种悖论式的隐喻，一种夸张的眼光，令读者诧异甚至震惊，然而不失风趣、机智。老虎善于把看似毫无关联的事物糅在一起，他的叙述构成了整体隐喻，而不是简单地用语词构成隐喻。诗人颜梅玖称老虎有"旁逸斜出"的能力，即老虎言在此而意在彼，这个判断是准确的。另一个女诗人西娃说老虎的叙述有鲜明的个人姿态，是主观的、在场的，直心是道场，我深以为同感。但若说老虎的叙述并无作者隐身之意图，我就不敢苟同了。老虎其实善于把思想隐藏在感觉之后，用戏剧性的故事来冒充史实，揭示癫狂和荒诞。有人评价老虎的诗"调皮"或者"有魔法"，其实未解老虎的理性和严肃。尤其老虎曲折地谈论政治时，口吻亦庄亦谐。在《搏斗记》里，老虎虚拟了一个与父亲角斗的故事，其中有多重隐喻，读者不妨试着破解老虎设置的迷宫。

现在老虎又要出新诗集了。读到《玉米逸事》一诗的结尾，"'若论来历，你或许果然有些不同'"，我觉得这是老虎的自我对话，中年老虎与少年老虎的对话。这样的对话在这本诗集中实在太多。譬如《这个世界》中，老虎说"我年少的时候／这个世界／多么能让我激动"，而"很多年过去了／我开始溺爱这个世界／容忍它的这里和那里／它越来越乌乌泱泱／常常使我犹犹豫豫"，老虎把源头性的问题留给了自己。老虎的犹犹豫豫里隐藏了他的批判性，虽然他的语调柔和、优雅，甚至恍如游戏，但他用悲哀和温情包裹着锋利和残酷。老虎目睹外部世界的喧嚣、浮躁和内部世界的崩溃、坍塌，依然不忍舍弃古典主义，依然追求白璧无瑕，这使他的语言由唯美而至凄美。他如此描绘《星夜》："抬头即可望见／这是一株参天大树／从枝叶之间细碎的缝隙／渴想的光正要滴下来／我匍匐在冰凉的石头上／它坠向漆黑的湖面／如果能够摸索到一条枯枝/我就能准确画出那道落入的波纹"。老虎尚未画出那道波纹,但已激开读者心中的涟漪;在近乎绝望中老虎握住了一滴微光,尽管这滴微光仅为一个渴想,但成为应对漆黑、冰凉之夜的一线生机。这滴光的来历,是参天大树所未能遮蔽的,渺远而真实。

我偏爱老虎的叙述能力,是因为他很多短诗如微电影。蒙太奇的画面、让人称奇的人物、多有转折的节奏自不必说,情节的反动性、颠覆性明显迥异于日常经验。设置这种巨大反差,老虎的口气却始终是娓娓道来,从容不迫,如同他用四川普通话摆龙门阵。这使老虎的诗歌极其好读,但又玄奥、神秘,绝不是什么糖衣安慰剂。他的叙述建构了另外的时空,所以我不探问老虎的来历,不挖掘老虎的个人才能来自怎样的传统。我只知道他从幽僻处来,行走孑然,又能够介入热闹的场合,冷眼旁观。二者我都不及他,所以愿意和他相交,学一学他的静气和深沉,弥补我的不足。

(《鲁拜集》,黄洪光著,宁波出版社2015年12月第1版)

诗乃归途
——顾宝凯诗集《外乡人》印象

2016年岁杪,顾宝凯诗集《外乡人》由宁波出版社出版。作为审稿人,我先睹为快。读后,开始了对一个问题的思考:一个诗人,究竟能够在多小的地方写诗?

顾宝凯长期生活在象山一个滨海小镇上,而他的精神生活没有陷入庸常与贫乏。几乎是通信末梢的此处地址,几乎是权力底层的此处社会,并未垒筑诗人的思想困境,并未封锁诗人的精神遐想,反而让他的肉身、他的灵魂都饱满地吸附了此处气息,和此处的种种生命一样,"在一道塘坝线的守卫里/各自生活,各自写下生命的细节/如此丰饶的世界,我们足以忘情地活着"(《旦门海涂》)。他所感受到的是一个丰饶的世界,是丰富的生命细节,而"足以忘情地活着"即亚里士多德所言的合乎德性、合乎本性的快乐,追求美好事物时所获得的快乐，这种快乐就是内在的善。由此，在诗人的眼中，寻常事物里体现出至善至美："这世上大美的事物往往／具有弯曲的弧度，如：牛背／落在牛背上的细脚蹼，通往白鹭的脖子／和长嘴的弯度／以及不远处的塘坝线外起伏的波浪"（《旦门海涂》）。

然而，这个滨海小镇的生活里有太多艰难、卑微、孤独。如果将其简化为田园牧歌，无疑是一种冷漠和虚浮。对人情世故的悲悯，对人的命运的思索，使诗人的语调保持了节制与沉缓："岛礁之外／清晰的天空，辽阔的海面，不着边际的蓝／还有我大半年撑船未归的父亲"（《大海，这一生我都绕不过你》）。海天无际，诗人的情感空间随着视线伸展而无限打开，却又收缩到对大半年撑船未归的老父亲的思念、牵挂、担忧这一个点上，画面上依然是一片空茫。至此，全诗戛然而止，归于沉默，却余音不绝，催人泪下。

除了自己的亲人，顾宝凯还写了生活在此处的船工、钓鱼人、砍竹人、种田人、打工者……他把他们统统命名为"外乡人"，命名为"无地址的人"，命名为"失散的人"。这里的每一个人都是如此渺如微尘，渺如沧海一粟，在劳碌奔波、随波逐流中几乎没有稳定与归宿。他深深地理解他们，乃至他就是他们中的一个："你也会看到那个在街头买两个包子／急匆匆赶路的人,他是我,也是 / 别人——穿蓝色厂服的工人 / 来自更远的异乡 / 他们遮盖了我,如一大片潮水 / 覆盖一朵波浪 / 所以,陌生的,熟悉的,奔走的 / 闲逛的,他们都是我,也都是别人"(《隐身术》)。在匿名的面孔中,在相同的命运中,诗人提起笔,向他们诉说衷肠,感慨聚散无常、漂泊无寄的人生:"如果落日不曾如此浩大 / 你就不会把我遗留在秋天的旷野 / 我就不会漂流到异乡 / 整夜看河床上星光的投影 / 我也不会看到大雁、火车、人群 / 就突然落泪"(《给无地址的人写一封信》)。

诗人所说的"外乡""异乡",是相对于灵魂的"故乡""原乡"而言的。白居易《初出城留别》诗云:"我生本无乡,心安是归处。"《种桃杏》诗又云:"无论海角与天涯,大抵心安即是家。"写诗即是踏上归途,寻觅归处,求得心灵的安慰与灵魂的安放。德国浪漫派诗人诺瓦利斯说:"哲学原就是怀着一种乡愁的冲动到处去寻找家园。把普遍的东西赋予更高的意义,使落俗套的东西披上神圣的外衣,使熟知的东西恢复未知的尊严,使有限的东西重归于无限,这就是浪漫化。爱是沉默的,只有诗才能让它开口。"归途无尽,故乡仍在语言深处。在写给自己的挚友、诗人高鹏程的一首诗中,顾宝凯发出了哲学之问:"如果此去,没有终结的旅途 / 我们追逐一轮夕阳 / 一直下去,是否会回到各自的故乡"(《落日鹁鸪头》)。

其实人生乃漫漫旅途,难以回头、复返,唯有向死而生,才能将有限转化为无限,创造或赋予生命意义。这大概也是诺瓦利斯的意思。一个诗人对生命的理解,必然体现在他对死亡的理解上。在顾宝凯的笔下,死亡是那么具体而真切,死者却寂寂无闻而不可区别。"两个坐在田埂上抽烟的老农/和稻穗坐在一起。他们相互依靠/满足的微笑,却浑然不知/收割的镰刀已在背后响起"(《大地收走了我们的亲人》),"如果无人管理/它终在数年后被掩盖,成为山体的一部分/连同他的枯骨/连同他在山下一世勤劳、清贫的生活"(《过无碑之墓记》)。顾宝凯在令人难以察觉之场景中,展开了生与死的对话,生与死并无阻隔。而这正是他与自我的对话,与他者的对话,与时间的对话。

让我试着来回答文首所抛出的那个问题吧!当一个诗人专注于对内心的探索、对生命意义的追寻时,他才足以不依托外在的幻觉,不执着虚假的名相,不使用浮夸的大词。越是写到具体的事物、具体的生命,诗歌越具有普遍性意义。顾宝凯所在的地方小如海螺,却响彻着大海的涛声:"大海,我孤独地吹响海螺的号角/是因为,它体内的螺纹/如同波浪翻滚的线条/旋转着,一直连到顶端的原点/那是生命伊始,孤独的发源地"(《大海或者孤独》)。那个世界上最小的地方却是生命的原点,乃至超越生死而永恒,循环往复而不息。诗歌,不就是对抗孤独、对抗荒芜、对抗死亡、对抗时间的艺术吗?生命的归途并不遥远,它起始于一首诗,起始于一只海螺,起始于世界上最小的地方。

(《外乡人》,顾宝凯著,宁波出版社2016年12月第1版)

知识考古学与"务去陈言"
——阅读高鹏程的"博物馆"系列诗作

高鹏程近几年的诗歌写作表现出明显的计划性,先是写"海边"系列,接着写"县城"系列,从2013年到2018年,又陆续写下了"博物馆"系列。博物馆是一个物的空间,其所搜集、收藏、陈列和展示的物,都是见证物,即见证了人类活动、人类环境的变迁。日本著名博物馆学家鹤田总一郎认为,博物馆就是"人与物的结合"。高鹏程把博物馆作为诗歌的发生地是具有敏锐眼光的。诗歌的意象是物象与心象的关联,当一个人的精神世界在博物馆里被打开,在物的言说与心的言说之间,在过去时间与现在时间之间,在被告知的文化经验与个体想象之间,诗人足以开始自我启发的旅程,并展开对人的思考。

本文拟从知识考古学的视角来考察诗歌写作,即诗歌如何"务去陈言"。世界是不可理解的,"陈言"在本文中尤指知识话语,知识话语以为掌握了世界的已知部分。陈言之陈在于它所表达的意义被完全锁定,失去了新的可能性;在于它的形式被完全封闭,成为拒斥生命的规则。权且以高鹏程的"博物馆"系列诗歌作品为一个考察对象,探讨诗歌写作如何让物自明,让语言敞开。

在《词与物》一书中,法国哲学家米歇尔·福柯已经提出了"知识考古学"的概念。他认为,知识是在秩序空间被构建的,而事物的秩序"存在于由注视、检验和语言所创造的网络中"。换而言之,注视、检验和语言表达了事物的秩序,而它是为人所附加的,由语言所形成的话语产生了知识。话语是对人的思维行动的控制,话语内在地包含了权力。

在《知识考古学》一书中,福柯展开了对传统的历史方法论的批判。他指出,传统的历史方法论是"重建"过去,通过把历史记录作为序列化的档案(archive)而形成线性叙事、连续叙事、总体叙事、模式叙事,这就意味着,话语以档案为载体,档案构成了话语的实证性,各个时代的话语就是档案的集合;历史分析变成了连续的、系统的话语,历史、知识、思想都是由话语权力所建构的。福柯的知识考古学是为了推翻话语的连贯性、系统性、规则性,要用"考古"的方式来对待档案。他说，"过去的历史是记录过去的伟大遗迹，把它们变为文献。而今天的历史是把文献变成重大的遗迹"，知识考古学就是要追根溯源，追问这些档案在说什么、为什么这样说、为什么采取这样的话语方式，将历史、知识、思想还原到话语形成的环境和过程中去，而不是解释这些档案，不是确定这些档案的价值，只是描述这些档案。福柯认为，"对档案的描述，通过档案我希望得到实际发出声音的话语的总体，这个总体不仅仅被视为在历史的清洗中被悬置的只此一次发生的事件总体，还是延续运转，通过历史改变，提供其他话语显现的可能性的总体"。

福柯认为，知识考古学对传统历史方法论的颠覆，除了对被构成序列的档案进行还原、描述之外，还要寻找更多的未被列入序列的话语实践，即寻找那些不连续的、断裂的、非全面性的、被遗落或筛漏的、个别的话语实践。他提出，是为了"现在"而书写历史，而不是"重建"过去；要"对过去细致的阅读"，"档案首先是那些可能被说出的东西的规律，是支配作为特殊事件的陈述出现的系统"，同时，档案"是确定着陈述——事物的现时性方式的东西；是它的功能系统。它远不是那些在某一话语的一片杂乱的低语中统一所有已说出事物的那东西，远不只是那些保证我们存在于得以保持的那个话语的环境中的东西，它是话语多种多样的存在中区分话语和在话语自身的持续中阐明话语的东西"。历史是对"现在"的叙述。为什么"现在"被丢失了？因为人们被话语所控制，用话语表达信息意味着并非在场的。

福柯"试图创造另外一种已说出东西的历史"，通过考古，福柯所要挖掘的，"不是隐秘，不是比人的意识更沉默、更深刻的东西，相反，我希求的是在物的表面过多而不可见的东西成为可见的，我不愿在话语下面追寻什么是人的思想，而是试图在话语的明显存在中，把话语把握为一些服从规律的实践，即服从形成、存在、共存和功能体系的规律。我要描述的是在其稳定的，几乎在物质性中的实践"。福柯对话语的把握，是为了反对话语的所谓深刻性，反对人按照自己的主体性，按照人的思想去关联物、解释历史，是为了反对所谓本质及本质主义的形而上学，是为了回到对物的关注和对物的描述，回到丰富和复杂中，回到矛盾和差异中，回到不确定和无限中，让物显露出来。福柯拒绝对历史进行总体的归纳，只愿对历史、对事物进行一种现象学的描述。

福柯的知识考古学对于我们理解诗歌具有直接的帮助。诗歌所要表达的，绝对不应该是所谓正确理解事物的"真理"，更不应该是盲人摸象一样所获得的所谓"知识"，"知识"和"真理"都是被过滤过、被清洗过的话语,有着其形成的条件、语境、过程,是被隐含的权力所建构的,甚至被假设为同质性的、唯一性的、因果性的。诗歌不追求所谓"深刻""全面""普遍"的价值。诗歌应该产生于诗人自己所观察到的事物和世界,应该产生于诗人自己与事物和世界的对视、对话,而不是屈从于某种知识秩序、某种话语模式,屈从于某一特别限定的时空,屈从于某一纳入所谓文学史框架的写作标准。正如福柯在历史研究中打破了线性的、连续性的、序列化的叙事,福柯所提出的回到档案、回到事物的方法是一种激活,诗人应该面向事物的敞开之境,诗人的"务去陈言"就是让语言敞开,即言说是进入事物的敞开之境,从而进入深邃的语境。"务去陈言"的关键就是打破话语的束缚,打破被强加于自己的成见,或曰"历史常识""文化经验""思想体系"。福柯也曾经提出,文学话语是不同于知识表达的自由领域,"创造差异"和"产生区分"是文学的任务。"务去陈言"就是"创造差异"和"产生区分",去除陈言的遮蔽。

多年的诗歌写作让高鹏程形成了一定的写作自觉,比如他有明晰的写作计划,"海边""县城""博物馆"都已经成为他观察事物、观察世界的一个个点。站在这一个个点上,他形成了自己的视角,他从对自己所处的场所、身边的事物与人的关注开始，对世界感到惊奇、神秘、迷惘，对世界展开探寻、追问、呼唤，逐渐打开视野，进入世界的内部。我所期待的是，"海边""县城""博物馆"并不会成为他进入世界的阻碍，并不会让他永远停留在大海之外、在县城之外、在博物馆之外，而是让他穿越大海、穿越县城、穿越博物馆，开始精神的游历。只有打破话语的定位系统、导航系统，才能真正发现世界的深邃与寥廓，才能发现一个本然、全新的自我，否则仍将被成见、陈言所囚禁。

我在阅读高鹏程的"博物馆"系列诗作中，发现他已经突破了以博物馆为观察点的局限。在《刺绣博物馆》中，他写下了这些句子："我觉得，那里面，肯定藏着机器和时光／所不能理解的东西／但她们并不试着去解释。而是继续／把身体微微下倾／哦，这些指间的舞蹈。缎面上的芭蕾。随一根／伶仃的银针翻飞的光"。不能理解、不去解释，才有可能走向所指之外，走向时光之外，所以，这首诗的末节这样出现了："一枚刺破手指的针。和它带出的丝线／逐渐／走向了丝帛之外"。"走向了丝帛之外"，那不可见的、那无限制的、那不可说的，那诗人退隐之处，那一切没有终结之处，就是诗的世界。"走向了丝帛之外"，实则是回到世界之中，回到了本源性的存在之中，回到了诗之中。诗是非时间性的,诗的语言挣脱了所指而获得了解放,达到了自由。在《海盐博物馆》中,他消除了主客体的对立,使物、我之间浑然一体:"那些结晶的事物,/将成为我们身体的一部分:/眼眶中的咸,骨骼中的釉色以及血液中的黏度"。"身体"如同世界,容纳了"那些结晶的事物",并容纳了事物结晶的过程。这首诗的语言便形成了一种肉身性的语言:"晒盐人/交出了皮肤里的黑/而大海/析出了它白色的骨头"。这样的语言就是打开世界的语言,就是亲在的、打开自我的语言,它是彻底个人化的,却又是自我退隐的。

高鹏程的"博物馆"系列写作,不可避免地要写到一些沉淀了文化意义的事物。博物馆里的物,完全可以被理解为福柯所说的"档案",它很容易被传统的历史文化叙事并入到话语系统中。如何处理这些事物?是被卷入既有的建制性文本吗?还是保持沉默,聆听物发出的声音?或者召唤出肉身,让肉身与精神互为隐喻?《青瓷博物馆》的第一节,高鹏程让词指认物,词与物一一对应:"这是哥窑。这是弟窑。/这是冰裂纹。/这是高级的梅子青和粉青"。而在诗的末节,他把物作为精神的化身,"但我们很少提到/在它产生的过程中,我们内心经历过的类似/窑火一样的炙烤和煅烧"。通过"炙烤和煅烧"的肉身体验,深入到肉体深处,反省了"我们很少提到"之后所隐藏的对生命恐惧、逃避心理,这样的自我分裂与刻意遗忘, 只是浮于文化表层。当防御性的话语被剥离,隐藏着的肉身立即暴露出来,而人对事物的指认立即拓展为对精神的指认,诗人让不可见的"窑火"释放出巨大的能量,投入了自己巨大的激情。日前,葛体标博士与我谈到他的一首诗的写作过程时,他说,"我想直接地表露自己,不是表露自己的某个观点,而是表露此刻已然到达的真实"。诚哉斯言!诗歌的写作不是"表露自己的某个观点",而是"表露自己""表露真实",肉身的存在、事物的存在就在世界之中,且与世界构成了隐喻,诗人只需要描述、呈现,便形成了思。所谓"观点""思想", 反而是不真实的、不在场的, 往往可能滑入话语的绳套。日前,又读到诗人、哲学学者武小西博士对薇依的一句话的引用,深受启发。薇依在《第三本纽约札记》里写道:"我从画作的角度判断画家的位置,倘若他把自己画进画里,我便得知,画中的他,一定不是他的真正所在。一个人的精神性,并不在于他对精神性事物的谈论,而是显现于他对世俗生活的态度和践行。"武小西解释说,分辨谁是虔诚的信徒,不能听他谈论上帝,而要听他谈论其他事物,正如看画作可确知画家在何处,即使画家把自己画进画面,我们还是知道那并非他的所在。借此话头,我想说

一下高鹏程《灯塔博物馆》这首诗。全诗如下:

需要积聚多少光芒,才不至迷失于
自身的雾霾?

需要吞吃多少暗夜里的黑,才会成为遥远海面上
一个人眼中的
一星光亮?

我曾仔细观察过它的成分:一种特殊的燃料
混合着热爱、绝望和漫长的煎熬
终于,在又一个黎明到来之前
燃烧殆尽

之后,是更加漫长的寂寞。
它是光燃烧后的灰烬
作为
自身的遗址和废墟

现在, 它是灯塔。灯塔本身

握在上帝（大海）手中废弃的

手电筒。被雨水用旧的信仰

应该说，这是一首好诗：意象精准，写作动机清晰，语言高度结构化，体现了象征性，涵义丰富……它符合诸多好诗的标准。当然，也请允许我对这首诗提出一点不同的看法：这首诗如果删去结尾"被雨水用旧的信仰"这几个字会更好。"被雨水用旧的信仰"，有如卒章显志一般，直接把"灯塔"定义为一件精神性事物，这样写就像一个画家把自己画进画里。其实，"吞吃多少暗夜里的黑""光燃烧后的灰烬""作为，自身的遗址和废墟"已经写出了复杂的生活感受，"现在，它是灯塔。灯塔本身"已经写出了一首诗的本源，可以让灯塔回到漫漫黑暗和茫茫大海之中，让灯塔的沉默去呼应波涛的巨大回声。

回头一看，本文的标题是从知识考古学的视角谈诗歌写作，实在太大，写到这里，我发觉自己力不能及，只能谈一些感性的东西。由此而阅读高鹏程的诗作，我更加检讨自己作为一个诗歌写作者，不自觉流露出的所谓"知识写作"倾向，更加警惕被"知识""思想"遮蔽，被"陈言""成见"遮蔽，这正是我要向鹏程兄学习的地方。在一首诗里，不要体现出什么思想，而要回到纯粹的思，即美国诗人威廉·卡洛斯·威廉斯所说的"没有观念，除非在事物中"，在与事物、与世界的相遇中，让自我消隐，让存在敞亮。高鹏程在写作"博物馆"系列的过程中，自觉抵制了宏大叙事，他选择的意象有许多是不起眼的、被忽视的事物；自觉抵制了线性书写、连续性书写，他写的是福柯所说的"小历史"和"对话语的区分"；自觉抵制了知识话语表达所显现的目的性，他写出了葛体标博士所说的"此刻已然到达的真实"。这也启发我，在一首诗的文本内部，需要有更多的罅隙、断裂和沉默，那就是语言之光进来之处，也是自我生命的微光进来之处。

第二辑

灰烬里捡拾自由之火种
——读《南华录》有感

《南华录》或可名为《南华梦》。写了一个一个梦,梦生梦灭,亦真亦幻。在《长江文艺》刊载专栏时,首篇之题是"昙花一梦,遍地虚空",这八个字庶几适合做整本书的每一篇之题。赵柏田把读者带进晚明南方士人的生活史中,也带进一个一个风流云散的梦境中。这些是与《金瓶梅》《牡丹亭》所记录的相同的梦境,而其现实语境,用黄宗羲的话说,是"天崩地解"的年代,用李贽的话说,是"掀翻天地"的时候到了,因为"非名教之所能羁络",程朱理学已经不再能够约束人心,商品经济的萌芽带来了人性的复苏也带来了欲望的张扬。皇权政治的种种矛盾暴露无遗,王朝苟延残喘,朋党倾轧如旧,暴政变本加厉,民怨沸腾不止,内乱外侵四面楚歌,上惊下惶不可终日。对于这些南方士人来说，专制主义从未停止扼杀人性，从未停止宰制其命运浮沉，颠倒其精神梦想。这些梦，终究难以为真，但个人主义的价值追求隐约可见，只是深寓于艺术气质之中，移情于正统秩序之外。恋物、好古，造园、借景，绮语、演戏，醉酒、佯狂，摹写纸上云烟，游走世外溪山，空待知音唱和，迷恋儿女真情，从一时片刻的愉悦与风雅中觅求一星半点的自由与解放。这些梦，是幽暗之梦、私密之梦、虚幻之梦，也是反抗现实与抵抗时间之梦，虽然最终遭到现实的打击或时间的消解，结局令人含愤悲歌、无奈唏嘘，梦里依然火光明丽。

这些梦并非没有意义。《九烟：黄周星的幻想花园》一文中，赵柏田单独写了一个小人物：九烟。这个身世不明而苟活于世、主动求死又死因不详的南明遗民，却自愿承受黍离之悲、故国之痛，看透天下兴亡、地老天荒。六十岁后作传奇小说，笔下人物尝尽人间苦难，但九烟相信天上可以有别样安排，精神可以穿越生死。九烟用笔墨完成了一个"但快乐，无灾祸"的幻想花园"将就园"，明知此园是幻中之幻，却期望一朝梦想成真，明知"将就本同虚无"，但不做此游戏无以逍遥闷怀。"将就园"是九烟的梦境，入梦愈深，醒悟时愈生幻灭感。赵柏田借九烟的好友董若雨之语"不知者以为九烟居士为游戏，而余知其悲"而由衷感喟："一个不经历人生大沉痛的人是不会懂得梦的意义的。"九烟造梦几乎就是一个隐喻,梦的意义不是痴癫的,也不是荒诞的,而是充满了生命意识,展开了生死对话,是理想的,也是自觉的。

正是出于对生命的理解、对人性的理解,《南华录》成为一本超越历史—文化结构的散文著作,而回到了更高层次的哲学问题上,即关注精神与存在的关系。只不过作者是站在历史语境中同情历史人物并展开生命想象,没有居高临下"阅尽沧桑"(那只会坠入虚无的深渊),没有垂首低叹"风流不再"(那只会陷入陈腐的泥淖),而是将历史人物作为镜子,平等观照,并力求确认在历史困境中主体性的微末而不灭的光芒。

对历史人物的书写,须还原其思想文化活动和精神生活的场景。近年来,赵柏田先后写下《岩中花树:十六至十八世纪的江南文人》《帝国的迷津:近代变局中的知识、人性与爱欲》《明朝四季》《让良知自由:王阳明自画像》,他的历史叙事注重将个体的、日常性的经验融入宏大的、变迁性的背景之中,以戏剧性元素为线条,以情感性元素为色彩,将非虚构的史实与想象性的思考化为合情合理、亦虚亦实的历史—当下的笔墨对话,展开了一幅幅既有肉身气息又有精神气象的生动长卷。他似乎有些自觉地在探讨人与历史语境的关系,探讨现代性在中国的发端,探讨中国进入早期商品社会之后开始萌生的知识分子问题。(限于篇幅,此处不讨论赵柏田的写作轨迹。)

和前面几本书比起来,《南华录》更加注重细节的处理和人物关系的联结,细节如饱满、发亮的珠玉打开了人物的个性空间,人物与人物因缘际会的明线暗线则体现了历史的强大逻辑,因此,叙事的现场感非常明晰,作者似乎无处不在,他是那个走进笔下人物的梦境又打开了梦境之门的潜入者。

为何要打开梦境之门?在《终为水云心:汤显祖的情幻世界》一文中,赵柏田是这样写汤显祖的:"让众声喧哗,让各色人等穿行其中,换言之,他要敞开门让更广大的世界进来。"那个更广大的世界突破了礼教纲常、世俗利益,是一个自由主体的生长空间、全新天地,"敞开门"就是一次勇敢的话语突围,一次真切的人性启蒙。不妨将这句话同样注解为赵柏田的书写目的。赵柏田要写的不只是这些具体的南方士人,他之所以穿越时空去观察、理解他们的情感、欲望、审美趣味、处世哲学,乃着眼于作为独立个体的人、作为意识主体的人:第一,有意于从历史进程中挖掘个体意识及其艺术化的生活方式如何成为现代主义逻辑发展的内源基因,因为他在多年的写作中持续关注历史变迁中人性与现代性的关系的议题，我相信《南华录》是这个系统性工程的重要部分。第二，他把生命意义作为建构人与世界的关系的框架（这样的思考是打破时空限制的），以晚明为背景，无非是强调在传统行将崩坏、个体行将绝望的考验下，在旧的规则不复统一、新的伦理尚未确立的迷茫中，人何以看清世界的真正面目又何以成为真实的人。这是一个需要仔细体认、用心觉悟的终极问题。《醉眼青山：古心如铁陈洪绶》一文中，作者"领会了那个时代的观看之道"，陈洪绶的目光"乃是他那个时代集体视觉欲望的投射"，即对物质的追崇、对人的物化。这一批判性评价已经越过了"那个时代"而上升到哲学高度，个体生命的颓败与整体文化的颓败是不可分割的，权力压制下的拜物主义必然意味着主体的萎靡不振。临终之前，陈洪绶进入迷狂状态，如同一个疯子，几无歇息地醉眼作画，急急落笔，仿佛以极致燃烧的方式告别世界。所幸的是，对陈洪绶燃梦成烬的艺术人生而言，灰烬里依然有火种，这火种便是陈洪绶题画诗中表达的"来世不知何处去，佛天肯许再来生"而渴望不死的生命观，来生继续画画，以画笔追求永生，这种生命激情，不是火种是什么？

对主体性的探究意图，书中处处隐藏，也时有暴露。如《昙花一梦，遍地虚空》一文，最后一节题为"我是谁"，写屠隆临终前反思自鉴"人称为我,我不知其为我"。又如《梦醒犹在一瞬间》一文的附记,作者自述写作契机之一,来自法国历史学家萨比娜揭橥的"人注视着镜子,而镜像操纵着你的意识"。书中各色人物,都被作者当作镜子而注视,但作者终究清醒地将目光移离镜外,内视心中。这些晚明南方士人通过"无用"之"长物"而建立的精神生活,真的是一个"性灵"张扬的空间吗?作者指出,"不管他们创造了一种如何绮丽的文化,感官世界背后生命的畸变却总是让读史者嗟叹不已"。他们在玩物中孤芳自赏,企图逍遥,可是,已经深堕欲海,未除心垢,难逃罗网,不得自由。跳出历史,梦和醒之间,不过是时间拉开了一点点距离。直到今天,我们仍需为生命的自由而求索,而求索之路仍需接续传统之中的人文薪火。《南华录》作为一本生命之书,从历史的灰烬里捡拾了那不可遗漏的自由之火种。

(《南华录——晚明南方士人生活史》,赵柏田著,北京大学出版社 2015 年 5 月第 1 版)

历史的必然性与小说的必然性
——评帕蒂古丽长篇小说《最后的王》

帕蒂古丽的长篇小说《最后的王》在《江南》发表后,我立即找来阅读。之前我就听说她在创作这部作品,而且她在小说主人公的原型、新疆最后一个库恰王达吾提·买合苏提的家里住了很长一段时间。在后记里,帕蒂古丽写道:"我起初为了表现王的恐惧,赋予了他一种皮肤瘙痒症。随着写作的深入,我住进王宫,跟王的妻子的原型同宿同吃,坐王的座位,用王当年的碗吃饭,睡在王的床上,渐渐地我变成了王,王的病竟然也变成了我的病,荨麻疹一直伴随着我采写的过程。"所谓"深入生活""体验生活",就是深入到主人公的生活现场当中,深入到主人公的精神世界当中。就这部作品而言,我已经强烈地感受到作者进入了王的角色和灵魂当中,在读者身边,上演了一段起伏不定、浮沉未卜的历史;

或者说，历史仍然以在场化的方式显现，把每一个读者拉拽进去，甚至让读者和作者一样，去承受一场看似蹊跷却难以逃离的暗疾，去面对一场直面善恶并直面生死的自我抉择。

这部小说中，王的一生充满恐惧，其命运被历史裹挟，难以自主，其性格也缺乏自主性。历史以一种不容置疑的必然性粉碎了各种幻念、柔情，粉碎了过去、因袭，这是历史叙事的本来逻辑。而以情节构建和角色塑造为主要手段的小说叙事，太需要偶然性了，太需要节外生枝、旁逸斜出，太需要山重水复、迷宫结构，甚至太需要化虚为实、无中生有。当历史叙事与小说叙事如两股绳索互相绞合时，当虚构角色进入历史语境时，小说叙事的一种必然性就开始形成了——那就是情感的必然、人性的必然决定了小说中人物的命运，而不仅是历史的必然决定了小说的写法。《最后的王》有意虚化历史背景，或者说对主人公所经历的重大历史事件的背景性叙事着墨甚少、回避甚多，显然是在努力强化小说的必然性。但是，荒诞谲诡又不容更改的历史叙事本身就是一种强势话语，很容易让小说叙事显得想象乏力，很容易让文学话语显得苍白无力。那么，作家如何加强小说叙事的力量，如何张扬文学语言的意义？那就是通过对人性的审察、对情感的审美，开展对历史的审究、对现实的审视。从这一角度出发，阅读《最后的王》，便可关注到作家是如何确定主人公库恰王苏里坦之命运转折的，是如何让读者产生对主人公一生难逃的恐惧之深深同情的。

苏里坦的恐惧，本质是对失去生命的恐惧。苏里坦的母亲生他时因难产大出血而去世，"诞生与死亡，一定要同时发生吗？"对苏里坦来说，这个问题是与生俱来的，死亡成为诞生的代价，母亲的牺牲给予他这个需要应答的切身性问题——如何面对生命才能领受和接纳这以死亡为代价的天命？如何成为生命的伦理主体，无条件地面对命运的无常乃至死亡的威胁，而不是沦落为一具不能自主的行尸走肉？同样的问题也需要苏里坦的哥哥艾则孜予以回答。艾则孜被盛世才的军队抓捕并投入狱中，母后阿米娜用苏里坦换他出狱（艾则孜不是麦王的亲生儿子而是其抱养儿子），艾则孜没想到弟弟竟然是那个"换命天使"，担心弟弟惨遭杀害，对此，他一生都在心中背负罪责，对他人（包括亲生儿子）回避自己飘萍一般的身世和噩梦一般的经历。这种回避，实乃对生命的伦理主体的回避，对天命或曰人性的回避。而苏里坦被赋予了王的继承者的地位，被赋予了血脉的关联（他也不是麦王的亲生儿子而是其侄子），这一身份锁定了他的命运，由于摆脱不了这一身份，他背离了自由生命的意义而成为替罪者、流亡者、背叛者、囚禁者、悔罪者。苏里坦也始终在回避生命的伦理主体，他从来不是一个王者，而是一个自身不保的弱者，甚至是一个完全不同于自己的他者，他何以能够成为一座城的王呢？在强大的历史背景下，作家缓缓展开苏里坦陡然起伏、被动浮沉的人生磨难，细细剥开苏里坦惊惶无主、懦弱无助的言行表现，一再拷问人的价值何在，深究生命的真谛何在。

如前所述，对死亡的恐惧，几乎如影随形，伴随苏里坦的一生。在这部小说中，作家借助苏里坦与他人的对话，借助他人之口以及旁白，对生死问题以及真主视角的生死信仰问题，在灵与欲之间，进行了多次讨论，这也构成了小说内在紧张的主题线索和情节线索。小时候，苏里坦钻到亲生父亲家中漆黑的地窖里埋藏金银财宝时，有过对死亡的恐惧。父亲麦麦提告诉他："孩子，死亡就是你在地上的影子，跟你很亲近，难道你害怕自己的影子吗？""我们活着就是安拉最大的恩赐。"父亲让他直面死亡而努力活着。在得知麦王被杀后，少年苏里坦准备赴死复仇，但是，梦中父王让他在个人的性命与王的角色之间进行权衡："一座城重要，还是一个人的性命重要？"麦王既给予了他活下去的勇气，又赋予了他活下去的使命，而这些附着于令他陷入魔魇的所谓王权。这也是他在迪化两年因经常担惊受怕而患病后,母后阿米娜对他如此解释的理由:"安拉让你恐惧,是让你学会保护自己。"保护好自己才能活着,但是,活着附加了条件:"只要你好好活着,我们才有希望","你是家族唯一的希望,你将来要代替你的父亲做库恰王"。他在恐惧之中活着,只是作为一个替身活着(代替父亲做库恰王),作为一个符号活着(王是家族唯一的希望),唯独没有自我。青年苏里坦登上王位时,处于国民党政府的恐吓、玩弄之下,屈辱地做出了反动选择,背叛了良知与理性,也遭遇了群众抗议。他曾经对着麦王的画像忏悔和祈祷:"我想活下去,只想活下去,哪怕不当这个王,我已经从心里罢免了自己。""我活了下来,而那么多无辜的人,在这次集会后的骚乱中被捕和丧生……"但是他依然在逃避对罪责的担当,更没有对生命的终极审问。中年入狱,狱友斯莱曼像是一个智者劝告他:"铁饭碗不好捧,王也是不好当的,这些欲望都会牵制你,拴着你的鼻子,你得像牛一样,为了吃那口草,围着你的槽子转。"直到重归王宫,苏里坦仍然处于苟且偷生状态,在对王位的迷恋中浑不自知。当自称是艾则孜的儿子克里木找上门来追问库恰王世袭的历史时,苏里坦和克里木进行了激烈交锋:"我之所以现在捏住这个王位不放,是因为我受的那些苦。"而在克里木看来，"那些罪你都是白受，是罪有应得"。失去反省的占有欲与失去同情的嫉妒心同样可怕，苦难并没有转化为救赎的力量，反而变成诅咒的资本。两个人之间的互相责问、辩难、驳诘、攻击，撕开了历史更隐蔽的伤口，也暴露了人性更黑暗的深渊。

对死亡的恐惧，其实就是对生命的恐惧，对爱的恐惧。苏里坦一生多舛，先后与多位女性发生了感情生活，可是他一再缺乏勇气去追求真爱，而只是攫取欲望。与海池尔的交往他退缩了，分别之夜虽然激情冲破身体，但他告诉海池尔，"我不敢跟你在一起"，他害怕海池尔的父亲、那个国民党翻译的淫威；与尼莎罕的情感，最初是"掺杂了恐惧的情感，就像在美酒里放了毒药"，在尼莎罕因为偷煤饱受屈辱时，"他觉得自己很罪恶，他唯一解脱的想法就是让她尽快离开他"；明明不爱补鞋匠的女儿，而且这个女人在他最困顿时曾经离开了他，但是肉体的诱惑让他再陷折磨；直到七十三岁时遇到了热依罕，一个三十岁还没有出嫁的淳朴姑娘，他才在生命的最后时光真正体会到爱与被爱。他对热依罕说出了深情而有觉悟的话："你在地上吃馕，我在地下吃土，本质上没啥区别，也没什么好悲伤的。"也就是在晚年，在千佛洞从事文物管理工作之后，苏里坦才从历史中获得了一点新的认识:"人为神造的一切,有一天会消失不见,或是换一种方式存在。也许人才是这个世界上最了不起的神迹,只要人在这个世界上存在一天,神迹就不会消失。"这点认识,就是对人的正视,对主体意义的确认。命运的每一次安排,都需要主人公苏里坦真正面对自己,然而他却成为一个末世王位的牺牲品,一个生无依托的可怜虫,直至生命的最后时光才稍微活出了一个人的样子。这些对话和旁白,体现了作家进行小说叙事的自觉,将情节建构、人物形象建构、主题建构都统一到对人性的追问上来,统一到对价值的追寻上来,却又具有强烈的情感力量,深入灵魂的力量,令人悲凉、惊醒、唏嘘、沉思。由此,形成了小说叙事的必然性。

在小说的结尾部分,作家巧妙地将历史的必然性与小说的必然性对接起来、契合起来。童年时相伴的小公主阿依,是战乱时县长狠心留给麦王收养的骨肉,是苏里坦的"月亮妹妹"和"未来王后",但是阿依长大后回到了汉族的家。苏里坦去世后,阿依回到了王宫,阿依对王宫解说员古丽说了这么一番话:"苏里坦的时代,不再是先王那样的王者时代。从麦王人头落地之时起,库恰王的时代就已经宣告终结。生活就像一个历史机器倒错的片子,苏里坦是世袭中断裂过的那一截,他的身上承载着历史的遗留。活着的时候,像大火过后的烟囱,保留世袭历史烟熏火燎的标本,供世人记忆。现在他熄灭了,燃尽了,成为一撮历史的灰烬。这些来王宫参观的人们,难道还会认为这个时代需要一个王?他们只不过想看看过去曾经有过的王,苏里坦用了活人的方式展现了这段历史,他是这段历史特殊的延续,已经谢幕的他身上历史的余温,还在吸引着人们回望过去罢了。"这段话,把一个活人与一个历史标本,把具体的生命与抽象的历史符号,把已经逝去的时代与我们需要面对的未来,都有机地关联起来了。我们不能忘记那段倒错诡异的历史,不能忘记人性中那些难以祛除的软弱、畏缩、荒诞、贪婪,因为我们需要追求免于恐惧的自由和爱,需要成为自己内心的王者。这就是帕蒂古丽在长篇小说《最后的王》里确立的小说逻辑。这个逻辑是在正视历史的必然性的基础上,凸显了文学更强大、更高贵的必然性,那就是对人性的美好期待,对抵抗一切真实谬误的信念。

当然,这部作品在强化小说的必然性方面还可以做得更好。小说的后半部分,虚实关系的处理还可以形成更大的叙事张力,从目前看,更像是非虚构的历史记录,而缺少冲突、暗线、细节、隐喻,缺少意料之外的变化。比如,艾则孜这个人物到小说的后半部分便完全消失了,其实这条线索完可以延续和发展,建议作家在今后修改时不妨将艾则孜与苏里坦互设为镜子:苏里坦与艾则孜交换了命运吗?他俩是一个人身上的两个角色吗?为什么他俩都逃避了生命的伦理主体?如果多一点这样的挖掘,不仅可以凸显历史的复杂与人性的复杂,而且可以深化人性与历史的对话,作品的文学价值也将更丰富。

(《最后的王》,帕蒂古丽著,《江南》2017年第2期)

刍议作家与传主的关系
——杨东标《如意之灯》读后

《如意之灯——"世界搬运车之王"储吉旺传》是一部大书。28个印张,50余万字,可以一口气读下来。传主是一个有胸怀和气度的大写的人,大写的人本身就是一部大书,储吉旺董事长的人生经历和精神世界非常丰富,他是个有激情、有故事的人。作家是大手笔,杨东标先生写过柔石的传记、王阳明的传记,善于驾驭大题材,善于发现历史与现实的戏剧性,他又是储吉旺多年的知心朋友,两个同时代的人有着许多共同的阅历和感悟。所以,这部书很厚重,时间跨度大,有历史感,也有现实意义,可以让人真切地感受时代的变化。

我这里只想讲一个问题,即作家如何处理自身与传主的关系。这既是一个文学方法问题,也是一个文学伦理问题。没有读过这部书的人,或许会说,杨东标是在为储吉旺树碑立传,这就误解了杨东标先生写这部书的立意,也误解了储吉旺先生的初衷。杨东标非常严肃地思考了他与传主的关系问题,他的笔下是一个真实的、立体的、丰富的储吉旺。作家和传主是两个独立的人,都有独立人格,所以,字里行间折射出人性之光。我用汉字里的三个会意字"从""比""化",来描述一下这两个人之间的关系。

"从",从字的形态看,是两个人同向而行。《说文解字》注:"从,相听也。"虽然作家杨东标与传主储吉旺相交四十多年,在人生道路上两个人也是同向而行的,甚至可以说彼此知根知底,但是,为了写这部书,杨东标先生仍然进行了非常细致的采访,多次与储吉旺长谈,走访了许多人,查阅了大量资料,掌握了扎实的第一手材料。这部书的后记中介绍,作者一共采访了近百人,写下了一百多个故事。读来似乎就是传主在缓缓讲述,传主的形象跳出了纸面,一个个场景栩栩如生,将读者拉进了共时状态。之所以产生这样的感染力,我想,首先是作家和传主之间互相倾听,互相为彼此的人格所感染。特别是作家善于倾听,在倾听中获得了新的素材,形成了新的思考,增加了新的情感。没有这样的倾听,没有深入到传主的生活当中,就不可能写得如此真实可感。

"比",二人向阳为从,向阴为比。《论语·为政第二》

记载,子曰:"君子周而不比,小人比而不周。"《国语·晋语》中留下了叔向"君子比而不别"的见解。孔子认为,君子为人要包容,不能以自我为中心,不能以自我为标准去要求别人,不要有私心、成见。所以,《国语·晋语》所记载的故事中,籍偃发问了:"君子有比乎?"叔向回答:"君子比而不别。比德以赞事,比也;引党以封己,利己而忘君,别也。"叔向所说的"比",有见贤思齐的意思;叔向所说的"比德",是德性的交往。回到文学上来,文学的伦理是什么?文学叙事的逻辑是什么?应该是作家的价值判断,作家从题材中提炼出精神价值。再回到《如意之灯》这部书上来,杨东标先生对储吉旺的人物形象刻画,是包容的,采取的是平视的视角,又是正面的,在叙事中捕捉了一个个人性闪光点。这就是合乎德性的,竭力避免了掺杂私人情感的溢美之词。杨东标先生自述,在写作时他常常有着"超出朋友的感情界限的感动",这就是一种君子之交,"比德以赞事",赞事而树人。

"化"的甲骨文,像二人相倒背之形,一正一反,以示变化。写传记文学,作家既要"进入""体己",感受传主的内心变化、精神世界,又要拉开距离,以他者的眼光"旁观"。由于作家与传主的特殊关系,杨东标不时在作品中亲身出场,作为见证者、亲历者,与传主形成呼应,有时也跳出局外，拉开景深，看到了更广阔的现实。储吉旺经历了世事沧桑，成功、苦难、拼搏、抗争、畏惧、勇敢、慈善、憎恶，里面有很多惊心动魄的东西，包括阴差阳错，甚至是荒唐悖谬。这些故事、细节，作家写得越是客观冷静，越是显得波澜起伏。读者可以感受到传主的坚定执着、不折不挠，在经受种种命运的考验后，一个人的内在力量发生了诸多变化，包括他的信念、品格、立场、性格，都有情有感地表现出来了。作家写出了一个人整体的人生，写出了他人生总体的目标和意义（自我实现和大爱向善），却始终书写的是他具体的言行、具体的情感，连他的不近常情常理也是能够令人信服地与他的整体人生关联起来的。

对传记文学而言，作家与传主的关系是决定作品的真实性和感染力的一个重要元素。杨东标先生坚持文学书写的自由和良知，因此，写出了一部发乎内心、接通灵魂的好作品。这部作品可以见到传主的人格，也可以见到作家的人格。

（《如意之灯——"世界搬运车之王"储吉旺传》，杨东标著，外文出版社2017年2月第1版）

不可遗忘的荒谬
——谈雷默短篇小说《告密》的反抗主题

告密是对人性伤害极深的一种行为,一方面出卖他人,另一方面出卖人格。告密,践踏人与人之间的信任关系,背叛私人情感和私人生活,甚至突破亲亲相隐的做人底线,因此,告密者只是躲匿于阴暗之中,而不敢公开于阳光之下。西方的犹大、中国的蒋干,是"告密文化"的代表性符号。进入现代社会以来,在对法西斯主义和极权制度的申讨中,人们难以回顾在一个思想被高度控制的全知全能社会里,个体是如何充满负罪感、羞愧感和屈辱感。个体总是不纯洁的、自私的,也是被卡夫卡所言的"正义的恶"或者加缪所言的"逻辑的恶"所排斥、所惩罚的。卡夫卡认为,恶有三种形态:自然恶、习惯恶以及为了正义而作恶,为了正义而作恶是恶上加恶,是用荒诞抵抗荒诞。加缪在《反抗者》中说,法西斯的"胜利"、武装起来的力量,不过是一种逻辑的罪恶,一种疯狂的冒犯,一种可怕的奴役。告密往往是谄媚于"正义"和"胜利"。

对于一个小说家来说,让笔下的人物纠结于一个与告密有关的情节之中,是非常痛苦的,因为小说家不愿意充当那个全知全能的上帝,但是,小说家又在现实中看见了虽然荒诞离奇却鲜活真实的社会表现,尤其是个体的尊严一再被暴力羞辱。经历罪恶,面对罪恶,小说家始终无力。他不能够充当那个绝对正确的仲裁者,他只是其中的一个卑微的忏悔者,所以,他只好进入其中的一个角色,而且是一个弱小的孩子的角色。雷默在写作短篇小说《告密》时,不断受到良知的折磨,他最终放弃了全知全能视角,而采取了儿童视角——"我觉得大人的世界是比较难懂的"。他把这个残忍而悲哀的故事写下来,只不过是提醒自己不要回避一段记忆,这段记忆有着非虚构的秘密和伤痛。雷默在关于这篇小说的创作谈中写道,"回忆起我的童年,这样的人好像到处都是","我后来写《告密》,把主人公放回到了过去,从过去的那些人中捏造出一个新的人物——国光,他其实是我童年记忆的缩影,在他身上集合了我很多小伙伴的影子"。

《告密》写的是反抗主题。只有反抗,才会使主体的意识觉醒。雷默写的是"我"和国光的反抗,因为"我"和国光都看见了命运的荒谬,所以,你可以认为《告密》是一篇成长小说,一个孩子开始思考大人的世界。或者,它写的是一起凶杀案,是一篇侦探小说。在卡夫卡看来,陀思妥耶夫斯基的《罪与罚》、莎士比亚的《哈姆雷特》,都是侦探戏,中心情节是:一个秘密逐渐被揭开。卡夫卡问过自己:还有比真理更大的秘密吗?所以,他认为,"文学创作向来都只是对真理的一次探索"。雷默的《告密》,同样是对真理的一次探索。雷默认为,"文学作品中的童年是具有启蒙精神的","对童年的回望和追述其实有对生命个体和历史纵深的反思,当下和过去、现实和历史,是一脉相承且彼此印证的"。

这次对真理进行探索的结果,在小说的结尾处呈现了出来,是"我"和国光对自我及对方的重新发现,是卸除恐惧、取消仇恨之后的人性显现:

> 我后来在大街上碰到过一次国光,他远远地看到我,像碰到了鬼,下意识地往角落里躲。其实那一瞬间,我也下意识地想找个地方藏起来,我们彼此都看到了对方的惶恐,随后都慢慢地镇定了下来。
>
> ……

于是我们在大街上拉了钩。

我说:"这下你该信了吧?"国光冲我"哼"了一下鼻子,然后站在那里笑起来,笑的时候,我发觉他像我重新认识的一个小伙伴。

评论家任茹文对这个结尾进行了解读:"人性中有一股自然存在的力量会重新控制住场面——平静","那是从漩涡、斗争和疯狂中复归正常的力量"。回归正常,回归心体,就是反抗谬误和邪恶。

让我们回到小说的情节中,看看漩涡、斗争和疯狂是怎样产生的。国光是"我"在镇上读小学三年级的同学,成绩不好,好吹牛,经常取笑别人。过分的是,他还欺负同学,谁让他打一个耳光,他就割一小片牛肉给谁吃。因为"我"的爸爸对国光的爸爸说,国光的作业都是抄"我"的,所以"我"和国光之间形成了矛盾对立关系,"国光的反击开始变本加厉,他用家里小店的货物收买人心,让原本跟我还有交流的人都不再理我。他们还给我取了一个绰号,叫告密者。这跟汉奸差不多属于同一级别,让我羞愧不已"。其实,"我"并不是一个告密者,最多算是无意泄密,只是"我"和父亲私下的谈话,被父亲拿去对国光爸爸说了,"可能是一种自卑的做法",为了"压压对方的气焰",因为"我们家一直比较穷,而国光家不一样"。邱老师得知"我"因被孤立而成绩下降后,迁怒于国光,打了他耳光。这引起了国光爸爸的反抗,他来找邱老师讨说法,邱老师躲了。国光爸爸第二次来讨说法时竟然背上多了一把猎枪。后来,国光爸爸连续在夜里磨刀,说要杀个人。人们以为这只是一个胆小的人说大话壮胆,没想到邱老师去上门家访时,双方言语不合,矛盾升级,"祸就闯下了"。

从情节看,与告密主题简直是无关的。雷默写的这个行凶者,国光的爸爸,和打同学耳光的国光一样,平时都好吹牛,都很暴躁,骨子里都非常自卑,甚至有屈辱感。由自卑所产生的嫉恨、由屈辱所产生的仇恨,演化为侵犯、孤立、征服乃至杀戮。恨,缘于爱的缺失,这户家庭没有女主人,当国光的爸爸对国光的爱受到了伤害,又对改变现状感到无能为力,于是绝望地选择了痛苦地作恶。他觉得没有人支持他,于是采取了极其懦弱的方式,就是在肉体上消灭别人,同时自取灭亡。

这个疯狂的反抗者想成为一个不一样的人,还是一个什么都不是的人?他的做法,让所有人感到不可思议,让所有人感到痛苦,受到罪恶的谴责。杀人和被杀都不是一个简单的道德问题。甚至,道德审判失去了意义。杀人、自杀,使一切雄辩、一切正义都哑口无言。这个把儿子"被打脸"的屈辱视为对尊严的最大冒犯的人，这个憎恨别人挖苦自己的儿子抄作业的人，如此暴戾凶残，到底是弱者的反抗行为还是恶徒的恐怖行为？到底是在质问生存理由之后的绝望，还是在拒绝生存真相之后的逃避？无疑，他是专横、野蛮、不自由的，是对自身的判决而不是对自身的辩护，他并不是一个本质意义上的反抗者。他其实是没有反抗的——反抗行动是对牌局结束、游戏重启的规则制定，是有破有立的。值得反思的是，肉体被清除了，就摧毁了一切吗？有什么得到解脱？有什么确立下来？人与人之间的异化有所改变吗？世界的荒诞有所减轻吗？死亡是最终的秩序、唯一的后果吗？

　　为什么国光的爸爸被冲动这个可怕的魔鬼所控制呢？其实，答案也可以回到告密主题上。一个有着"告密文化"的环境，是一个没有信任的世界，一个没有信仰的世界。一个人失去秘密，就可能失去生命之堡垒、自由之疆域、尊严之寄寓。保守秘密，是为了不受到孤立，不受到贬斥，不受到侵犯。个体是如此软弱，以至于需要在狭小的秘密里获得安全感。一个人的秘密，可能是自我所肯定的那部分主观事实，也可能是自我所否定的那部分客观经历。我们在小说里除了读到"我"的被孤立，还应该读到国光爸爸的被孤立，读到国光的被孤立。而且,国光更加被孤立了——"他不无鄙夷地说,他家里出了事以后,以前那些同学一个都没来找过他。他知道,有些是家里的大人管得严,不让他们来见他"。在这篇小说里,又有哪一个角色不是被孤立的呢?甚至,有哪一个角色不是自卑的呢?

真正的反抗者一个是"我",一个是国光,因为"我"和国光对不合理现实进行了反抗,镇定下来,拉钩发誓,遵守了一个告别复仇的秘密。尤其是国光,他从悲剧中走出来,开始觉醒。"笑的时候,我发觉他像我重新认识的一个小伙伴",雷默安排了一个和解的结尾,让人们放弃仇恨,免于恐惧,建立自觉。但是,不要忘记,冲突并没有完全结束;不要忘记,对抗只会带来黑暗、暴力和死亡;不要忘记,人性之光只有靠自我点亮,这样才能照见现实的荒谬。真正的反抗,即对荒谬的反抗,是为了寻求一致性而不是冲突。小说是冲突的艺术,更是为了寻求一致性的艺术。也就是说,为了反思人性、探索真理,为了保持对人性的信任和对真理的信仰,这是作者与读者共同的叙事。

(《告密》,雷默著,《收获》2016年第3期)

笑是儿童文学最有感染力的语言
——评徐海蛟《孩子的世界你不懂》

《孩子的世界你不懂》是青年作家徐海蛟在宁波出版社出版的第二部长篇儿童文学作品,是《别嫌我们长得慢》的续篇,又一部关于成长的小说,写的是同一个班级的故事。这两部作品的标题有一个共同特点,即具有对话性,以孩子的口吻,设置了孩子与成人对话的语境与主题,非常耐人寻味。也就是说,除了孩子,成人也可以读一读这两部作品,因为孩子期待成人关注他们的成长。为什么孩子的世界成人不懂?我找到了一个思考的视角:成人不懂孩子的表情。其中,特别要关注孩子们的笑,不懂孩子们的笑,我们就不能分享他们的快乐和成长。在此,我甚至可以提出一个命题:笑是儿童文学最重要的表情,笑是儿童文学最具有感染力的语言。

下面,我列举几个例子。我们可以看到,孩子们笑或不笑,都展示了他们秘密的、复杂的、深沉的内心世界。这本书的每一章,都是一则小故事,每一则小故事都涉及一个笑或不笑的问题。这就反映了作者的写作策略或者说创作自觉。轻松幽默的笔调、精灵古怪的角色、貌似离奇的情节、"没心没肺"的口吻,作品具有浓郁的喜剧效果。显然,这样亦庄亦谐的表现方式,更符合儿童的接受心理,更具有可读性和启发性。

书中第二章,王老吉的妈妈喜欢亲吻王老吉,而且不分场合,包括孙贝贝、李雯、耗子,五(6)班的很多同学都领教过这种被过分宠爱的痛苦与尴尬。作者把王老吉的感受很幽默地表达了出来,也巧妙地提出了家长应该如何向孩子表达爱这个严肃的话题。显然,同学们对王老吉妈妈胡亲乱啃孩子感到好笑,大人们对王老吉投诉妈妈也感到好笑,但是,笑后面引出了一个值得认真对待的问题,笑的意义恰恰是一种否定性的审美意义。

书中第三章,班里的伊依女同学患了白血病,做化疗后,头发会一根不剩地掉光。伊依住院后,虽然同学们去探视过,但也好久没有见到伊依了。一天早上,班主任余老师突然顶着个大光头走进了教室,同学们因不可思议而起的声浪立即涌起。这是个无厘头的玩笑吗?原来,是伊依要回到教室来了,余老师说,伊依同学战胜病魔,她的光头是勇敢和梦想的见证，所以，老师用剃光头来向伊侬致敬。"我"、王老吉、耗子、穷人、张玉洁也去恳求理发师剃了光头，"夕阳呈现出好看的番茄红，我们看看各自光秃秃的脑袋上闪动着余晖，嘻嘻哈哈地笑了"。可是，这笑声中有对伊侬的同情和鼓励，有对余老师的敬佩和支持，有对自己的豪迈和骄傲。"那段时间，光头是我们班最酷的发型"，这笑声催人泪下。

书中第八章，孙贝贝在课堂上做翻译练习时犯了笑话般的低级错误，按照常理，应该引起哄堂大笑。可是这并不可笑，孩子们没有一个人笑，反而，面对英语代课老师"屠夫"的嘲笑，"谁也没有心思笑"。更为可贵的是，他们对"屠夫"侮辱学生人格的言行进行了抗争，对如何维护自身的尊严进行了讨论、思考。孩子们不约而同地"不笑"，反映出自主的清醒与集体的理智。

笑，还是不笑？作者和孩子们一起面对生存现实，一起探讨人际关系，一起追寻人的本质。本书中，每一则小故事都如多棱镜般折射了复杂的人性之光。

人是会笑的动物。法国哲学家柏格森在《笑——论滑稽的意义》一书中，把滑稽现象定义在人的范围内，除了人以外无所谓滑稽。滑稽是有意义的，因为生命是活生生的，是有趣的，而"滑稽的关键在于生命的机械化、僵硬化、物质化",生命的机械化、僵硬化、物质化违反了生命的本质,反映了生存的尴尬乃至生存的异化。在徐海蛟的笔下,孩子有着自己的世界,同时,孩子是成人世界的旁观者。成人世界和孩子的世界毕竟不同,虽然成人也是从孩子长大的,但是他们或多或少失去了自己的天性与童心,或多或少变得刻板、麻木甚至虚伪,或多或少和孩子产生了交流的障碍。可是,孩子的笑,属于孩子自己的世界,属于孩子自己的语言,属于孩子自己的意义。孩子在对成人的滑稽之笑中,体现出创造的热情、成长的快乐;在对成人的丑陋之不笑中,体现出思考的独立、成长的理性;同时,审视自身成长过程中所暴露出的缺点和不足,以同伴之间心照不宣的笑或不笑,分享共同的成长秘密和成长力量。

张天翼先生提出了"幽默就是真实"的创作心得,他把幽默作为儿童文学重要的元素,把幽默作为委婉的反讽、巧妙的教育。这是当下的儿童文学创作需要重视的文学主张。为什么这么说呢?当下一些儿童文学创作误把搞笑当作幽默,误把闹剧当作喜剧,误把无厘头当作滑稽,浅薄油滑,东拼西凑,装跷弄巧,哗众取宠,还以"穿越""仙魅""爆笑""灵异"云云为标签,严重背离真实,背离现实,背离审美原则。令人欣喜的是,徐海蛟不为时风所动,不为流俗所染,这本新书《孩子的世界你不懂》仍然把握了幽默的本质，既充满奇思妙想，又植根于现实的合理性，并且关注了"单独二孩""对口扶贫"等新的社会现象，有鲜明的时代特色。

回到开头我说到的对话性问题。所谓成长，所谓致知，所谓对生命意义的追求，其实就在儿童世界与成人世界的对话之间，就在童心与俗念之间。笑，是儿童世界对成人世界的一种善意回应，是童心对俗念的一种提醒和纠正。如果徐海蛟在这方面的思考更深入些，或许对题材的开掘、对人物的塑造就能更深入。譬如，书中对"屠夫"的形象刻画就是单面的，如果增加一点点情节发展，让"屠夫"纠正自己的错误，和孩子们一起成长，那么，这个人物更容易立起来，作品的主题价值也会更丰富。

其实，我们太需要笑了。笑是最具有感染力的语言。儿童文学不能板着脸说教，也不能无厘头搞笑。能不能引起读者会心的笑、善意的笑、释怀的笑，应该是检验儿童文学的幽默品质的标准。

（《孩子的世界你不懂》，徐海蛟著，
宁波出版社 2017 年 3 月第 1 版）

共时性与历时性视角交叉的叙事
——读历史题材儿童文学作品《苏三不要哭》

《苏三不要哭》是一部历史题材的儿童文学作品,吴新星这么年轻的作者,驾驭起这个题材来却那么娴熟,让我感到很意外,也很惊喜。我立即想到的一个问题是:在当前这个时代,我们如何同孩子们讲述历史?现实的情形,要么是历史被抽象为宏大叙事,成为一种意识形态教育的工具性话语,要么是历史被消解为消费符号,经过"戏说""穿越"等娱乐化的媒介工业"改装"而变得毫无深度。而文学艺术对历史题材的表达,应该具有浓厚的人文色彩,渗透人性教育、情感教育、审美教育,激发人们观照人的时代境遇、生活场景、命运辗转、人性内蕴和典型形象,从而引发对存在的思考。吴新星显然是一个严肃而自觉的写作者,她在这部小说中对历史题材的把握,对文学视角的选定,都没有偏离共时性和历时性这一纵横交叉的坐标，由此所塑造出的不同人物及人物关系既符合她对历史的合理想象，又符合她对人性的细致体察。

所谓共时性视角，就是本书附录部分著名作家李洱的评语所说的，"从戏班子里的小孩子们的视野出发，日常感、现场感、地方风俗、饮食起居、方言土语等，小说的元素应有尽有"。吴新星把人物放到他们所在的日常性生活现场当中，写出了瑞生、董宝、李棠、小七等一群戏班小学徒共同的艰辛、卑微，共同的尊严、抗争，又写出了各自不同的性格特征，比如瑞生的安静、执着，李棠的聪慧、刚直，董宝的幽默、早熟，小七的孤单、倔强，这些都合乎他们在这部作品中的结局：李棠不辞而别，董宝死里逃生，小七流浪别处，而"瑞生的苏三出来了"。就是这几个字，写得非常有力量，不但写出了瑞生的形象、命运，而且整部小说的震撼力也非同小可，在悲悲戚戚、凄凄惨惨的声音后面，是浑厚而悲怆的力量——"苏三不要哭，苏三不要哭啊！"这个声音穿透人心，回响不绝，是悲伤、悲哀之后的悲迂、悲愤，是卑微、软弱之后的振作、慷慨。吴新星始终围绕人物关系来写，人物和人物之间，眼光互相打量，语言互相对话，在小心翼翼之中，触及世故人情，触及那个动乱年代底层社会中苦涩又敏感的少年心事，因此，写得真实感人，是还原现场的写作。

作者对现场的还原能力，还特别表现在她对中国传统戏曲的相关知识、民俗文化非常熟悉，对民间戏班子的运作情况了如指掌。这就丰富了作品的可读性和趣味性，丰富了作品的文化含量。她写到苏州时，我就想到了苏州作家陆文夫，写到天津时，我就想到了天津作家林希，她的笔下有这些老作家的文化品位，有这些地域的市井风情。作为一个年轻作家，这是非常了不起的，写得大俗大雅，用最通俗、最干净的文字，写出了一份雅致，一份深沉，一份从容，留白透气，耐人寻味。可以说，是文化上的深切认同、体认，帮助吴新星很好地还原了历史现场，巧妙地编织了生活细节。

所谓历时性视角，就是从作品所依托的一个完整的历史背景，从人物完整的生命历程，从语境的转换历程，来摹写人物的性格变化、精神变化。这个对作家来说，难度更大。吴新星在这方面也具有叙事能力。譬如，第二章《抉择》写到，瑞生要向李班主学戏，李班主让他唱几句听听。"在场的人都大吃一惊。瑞生唱的《苏三起解》，虽然咬字吐音不十分准确，可是他的行腔运气，有模有样。"这一段写出了瑞生的灵气、天资。第十章《摩戏》写到李棠鼓励瑞生学习《玉堂春》这出功夫戏，扮好苏三这个角色，董宝说"将来你唱苏三，我给你唱崇公道"，李棠说"我来给你对里面的王公子"，这一段写出了瑞生的决心、执着,特别值得肯定的是,为结局部分埋下了伏笔。董宝溺水后被救,捡了一条命,李棠逃避姚千岁的魔爪而孤身离开,仍无音讯,这些经历让瑞生唱起苏三来悲喜交集,对物是人非、世道艰难有了格外入心的体会,所以,"瑞生的苏三出来了"。中间第十七章《搭班》还有一个插曲,李家班在天津一个戏园子搭班期间,瑞生观摩学习筱金玉唱《玉堂春》,被筱金玉这个角儿用翡翠烟袋磕了脑袋,在李棠的点拨下,这恰恰长了瑞生要学好戏的志气。这一段是这么写的:"筱金玉唱的时候,唱腔里有一种泪意,直唱到人心里去了。瑞生听她这么一唱,心里就想:'苏三真可怜。'眼中随即就泪汪汪的。"对苏三这个角色的理解,瑞生前后有很大变化,这就是他的成长历程。从感性同情到感同身受,从自然情感到审美情感,从"真可怜"到"不要哭",瑞生把这个角色内化为自己的人格的一部分。特别是在抗战前后这个大背景下,瑞生的形象是有典型性的。在上述不同的章节中,前后情节暗中对接、合理架构,作者用不多的笔墨写出了这么大的一个跨度,这么大的一个张力,可以说是举重若轻。用历时性的视角写下来,既立起了人物形象,增强了情感起伏,又凸显了时代矛盾,拓展了主题深度。

我相信今天的小读者是会喜欢这样的历史叙事的。他们不喜欢被看作娇生惯养的"妈宝",因此,这部小说对苦难命运的展开值得小读者们去思考生命的意义。他们不喜欢被看作沉迷于虚拟世界的网虫,因此,这部小说对人性力量的感悟值得小读者们去触摸真实的历史。他们不喜欢被看作娱乐至死盲目追星的粉丝,因此,这部小说对京剧角色的塑造值得小读者们去关怀不应遗忘的形象。总而言之,小读者们可以借助历史与现实的沟通、自我与他者的对话、间接经验与直接经验的互动,获得更为丰富的精神资源,促进自身的成长。这部作品获得第二届"青铜葵花儿童小说奖"之"银葵花奖",实至名归。

(《苏三不要哭》,吴新星著,天天出版社2018年5月第1版)

在场与还乡
——评赖赛飞散文集《生活的序列号》

我是在飞驰的高铁上展卷阅读赖赛飞散文集《生活的序列号》的,而我的座位背对着前行的方向,当我偶尔从书页间上抬起头来,发现我的眼前是已经被抛在后面的行程。这几乎是一个隐喻:我将赖赛飞的写作视为后视镜一般的写作。在这个急剧转型、快速发展的时代,她始终在回望,她既看到了那些后退和消逝的风景,又看到了那些试图追随和赶超的人们,那些疲于奔命的肉体,那些难以笃定的生活,那些失落的、艰难的灵魂。

赖赛飞写的几乎都是她所定居的县城里、她所依恋的海岛上、她所告别的山村里的一些小人物。在赖赛飞笔下,甚至不需要让读者记住他们中谁有一个具体的名字,守山人、小摊贩、长途货车司机、本地出租车司机、修鞋匠、快递员、钟点工、水手、渔家女、草台班子演员、小镇医生……各行各业，三教九流，每一个人都平凡如微尘，也都有过不甘平庸的挣扎、冷暖自知的得失；每一个人都宿命般随波逐流、孤单无助，却和他人一起形成了情感与物质的联系，互相需要又互相给予；每一个人的生活都与他人有着相似之处，却又有着各自的生活密码与命运承担。正是这些人构成了一个地方，构成了这个地方的风土人情、世道人心，构成了这个地方的集体记忆和共同精神归属。这个地方，是作家赖赛飞的故乡和这些无名者的故乡。赖赛飞的写作，是在场的写作、有根的写作、与这些无名者呼吸相通的写作。尽管她写下的是不同的人、不同的故事，她却始终没有离开一个基点，那就是她所竭力驻扎的这片土地——正如杜拉斯所说，"一个作家，就是一片奇异的土地"。梦里梦外，心内心外，这片土地是如此坚实，不随时间而流失水土、流失生命，生命早已你中有我、我中有你。

　　这就是感同身受的理解与爱，毫不矫情、无须美化的乡愁。我为什么特别强调赖赛飞写作的这一本源性光亮？因为我实在看不惯今天那些虚伪的所谓"乡土文学"。要么将乡土视为田园牧歌一般的"诗与远方"，视为闲暇时走马观花、吟风弄月的乐土或幻境；要么将苦难神圣化，将那片曾经贫瘠、困苦、清寂的土地涂抹成粉红色的乌托邦；要么长吁短叹什么"故乡已经满目疮痍""故乡已经面目全非"，声称自己"无家可归"，其实只是一只企图避世的可怜虫。以上种种，早就飘浮无根，失去了对故乡的真切情感、对生活的真实感受、对生命的真诚体验。

诗意，真的是在远方吗？赖赛飞对这个问题有过反复思考。从身边那些迎来送往、此起彼伏的人生故事中，赖赛飞获得了绝不逃离自我的感悟：

——"人生就是滚出来的，有多远滚多远。他们自嘲。"《未必想去的远方》写了一群走南闯北、出死入生的货车驾驶员，他们眼中的远方，意味着不可预测的、足以吞没人生的种种危险。当他们老迈而不再出门时，又难免英雄垂泪："那个时代真的走了，一去不回。"

——"人们恐怕不仅是互为远方，如果一个人来到了远方，回首望向来时路，尽头的来处又成了远方。"《下午茶》写了一个年轻时志在四方，中年时在小岛上经营渔家乐的女性。她是"回到了自己的原点，营造了别人的远方"呢，还是"将所有来自远方的人构筑成自己的远方"，"她在原地亦活成远方"？

——置于篇首的《归途岛》，像是一篇序文："一个人在原地也有故乡"。作家经历了一次次"想去看看世界"的身心出离,最终"活着回来了",她已经"有足够的孤独可用"。

——"现实再次施展魔法,将整个活生生的世界概括成一点。"《海水谣》结尾的这句话,将在远洋渔轮上讨生活、与风浪为伍的人们对陆地、对家的思念,描绘为一个梦的接点。也许靠岸之时,家早已在陆地上颠覆,但是,只要这思念未灭,世界便始终存在。这一个点,便是存在的原点,便是芥子纳须弥,容纳整个宇宙。

对于那些生怕被时代抛弃的庸庸碌碌者来说,对于那些被逐出故乡的投机取巧者来说,赖赛飞笔下这些不舍祖居故土、忍耐无常变故的小人物,具有强大的精神力量,可以提供不言不语的启示和安慰。我相信赖赛飞已经接受了这些启示和安慰,所以,她在《父老乡亲》中接续了精神的上游,接通了肉身的道路:"时光在血缘之间划下的这条河流,依离开之远近,或窄若小溪,或阔似银汉,从来没有桥梁可济,唯有以身作渡。"

是啊,不管是远是近,我们都需要回到原点,回到故乡。还乡,并不意味着从现实中逃离,恰恰需要我们成为一个在场者而不是一个旁观者,成为一个他者、无数个他者而不是一个狭隘的自我,我们在内心里才会拥有一个真实的世界、一个有喜有悲的故乡。故乡的一切都不容回避,爱故乡,就是爱着故乡的一切,爱着那片土地上所有幸与不幸的人们。这或许就是赖赛飞的散文写作所蕴含的伦理意义。

(《生活的序列号》,赖赛飞著,宁波出版社2016年12月第1版)

生命自觉与语言自觉
——兼谈宁波三位女散文家的语言特色

2017年12月1日的《宁波日报》副刊,以两大版的篇幅刊登《散文大观园里的宁波丽影》,介绍赖赛飞、帕蒂古丽和干亚群三位宁波女性作家的散文创作。我一直关注她们的散文创作,有意分析一下她们各自的语言特色,进而谈谈对散文的创新问题的一点认识。题目很大,体会很浅,难免言不及义,希望讨教于方家。

赖赛飞的散文多写自己的家乡,一座海边小城里的普通人,写自己在这里的生存与生活,写当下现实、此时此地。我觉得她的散文语言类似于一波又一波海浪,来来回回,不断冲向海岸,又不断回到大海。一个浪头退去了,但是余波回澜又继续奔来,形成新的力量。不像大多数文章,蓄积全部,只是掀起一个高潮。赖赛飞的散文语言是始终连绵起伏的,正如法国象征派大诗人保尔·瓦雷里在《海滨墓园》里所写,"大海啊,永远在重新开始"。这种持续而顽强的文字力量,正是她笔下这些人物持续而顽强的生命力量,也是她与他们感同身受的情感力量。同为女性散文作家,韩小蕙、刘琼、邵丽等都认为赖赛飞的散文"不像南方女人所写""她在文字里很像男性",这恰恰是赖赛飞散文语言的真实力量,是她独特的声音辨识度和刚柔相济的本来性情,是她与波涛共舞、伴潮汐涨退的内心生活节奏,是她在海与岸之间一次次自我驱逐又自我返回的精神状态。这样强大的勇气、阔大的襟抱、盛大的孤寂,一定会抛弃社会化的性别标签,追及人的本质。

这里仅以单篇作品《海水谣》为例,探讨赖赛飞的语言特色。赖赛飞深深地理解了岛上人的生活方式与情感方式,"一场无休无止的追赶在海陆之间发生着","我只知道处在海陆之间的岛上人,一直在被生活追赶,下饺子一样落到了海面","如果被诅咒的生活肯定不是正常的生活,被赞颂的生活也不该是正常的生活。因此,从第一天起,他们就知道这是一种生活方式,仅此而已"。不得不接受的是,经过分离之苦、风浪之恶、生死之争,某一日,靠岸之人却发现"自己的家早已在陆上颠覆,连同人与全部辛苦所得都沉没于人海不见","生活的驱赶与自我选择的倾向性,当它们合流的时候,一切不但发生而且持续发生"。赖赛飞所发现的"人海",从来都不可能平静,所以,她的笔底总有无尽的波澜,绵绵密密,汹涌澎湃,跃动而攻击,压倒而制衡,全然不凭外力,而是自我搏斗,反复内化,生生不息。如果不把肉身投入潮头与海底,感受此岸与彼岸之间的分离,一个人是难以完成精神远渡的,其文字也就不会具有这种持续而顽强的力量,百折不挠,跌宕不止。

赖赛飞散文的结构也如其语句一样,总是可以潮头重来,另起一行。往往在读者以为一篇文章可以终结的地方,赖赛飞又开启一段新的航程。当她写下一个颇有哲思的金句,甚至一个地标般矗立的段落时,文章本来是可以收笔的,但是她不会这样匆忙登岸。她在不停地寻找终极意义,却发现永无止境,于是,再次迎接波涛,面向更多的不确定性,而不是自我重复,不是回首呼应。她的语言是张开的风帆,为散文的行进不竭提供动力,任内心鼓荡,愈加坚定走得更远的信心。她是一个语言的冒险者,拒斥那些"正确"的写法;她也是一个语言的沉潜者,有耐心和耐力。"我尽量慢慢写,现在,文章还是写到了结尾,离约定的时间依然很远",写到此处,《海水谣》仍然浮沉自如,并且继续补充新的叙述,打开新的视角。

赖赛飞的散文语言具有诗歌语言一般的再生性特质,重建了一个隐喻世界,可以不断产生新的意义。在海陆之间一再往返,是一种隐喻结构。耿占春教授在《隐喻》一书中指出,"'离开与返回'这一模式和其所隐含的'本源'观念,作为一种隐喻结构,普遍地潜在于人类思想和哲学中","这一结构刻画了人类命运的形式","还乡或怀乡都是对本源的一种亲近和归依"。借此,我们可以说,赖赛飞的语言保持了与存在的原始关联,自精神本源不断激荡出新的充溢、新的生命,引发出新的神思、新的诗兴,对人的命运有了更深沉的悲悯、同情。

帕蒂古丽也是一个对语言高度自觉的作家。她在多篇散文里,如《模仿者的生活》《被语言争夺的舌头》《混血的日子》《嫁到江南》《苏醒的第六根手指》《词语带我回到喀什噶尔》,直接讨论了语言与写作的关系这一重大问题。帕蒂古丽出生和成长于特别的语言环境中,她的故乡是天山脚下的一个多民族共居的村子——沙湾县大梁坡村,父亲是来自新疆喀什的维吾尔族,母亲是来自甘肃天水的回族,近邻多为哈萨克族,自小就读于汉族学校,她能熟练使用维吾尔语、哈萨克语、汉语,并且用汉语写作。在不同的语言环境中生活,也是在不同的文化语境中生活。所以,在童年记忆中,帕蒂古丽感觉到自己在"被语言争夺",甚至感觉到"两个自我在相互模仿";"我已经难以分辨哪一种印痕来自父亲,哪一种痕迹来自母亲","希望我在接受另一方文化的同时,竭力维护好他们各自的民族自尊心"。从小面对"不同的语言,不同的文字,不同的习俗","不断地修正,修改"自己的生活方式。她来到江南的宁波余姚工作生活,进一步认识到,"在传统与现代生活方式对人的争夺中,透过一个词,或许能够感受到一个民族内心独有的情感体验","在词语和思维方式中站住脚的世界,才是最牢靠的,在语言和习俗上保持其不变的特性,世界的关键就没有被改变"。不同的语言对于帕蒂古丽来说,带来不同的身份认同感和文化归属感,带来不同的思维方式和生活方式,而她必须在被不同语言的争夺中去面对这种"文化上、精神上的交错感和断裂感",在与生俱来的血液融合的命运之中,尝试进行文化上、精神上的融合,发现和激活完整的、普遍的、本来的人性。

1987年,诺贝尔文学奖授予用俄语和英语两种语言写作的诗人布罗茨基,授奖词里说:"对于他来说俄语和英语是观察世界的两种方法。他说过,掌握这两种语言如坐上存在主义的山巅,可以静观两侧的斜坡,俯视人类发展的两种倾向。东西方兼容的背景为他提供了异常丰富的题材和多样化的观察方法。该背景同他对历代文化透彻的悟解力相结合,每每孕育出纵横捭阖的历史想象力。"J·M·库切在《为语言说话——布罗茨基的随笔》中，引用了立陶宛诗人托马斯·范斯洛瓦对布罗茨基的评价："'超越诗节限制的巨大的语言和文化的跨度，他的文法，他的思想'使他的诗成为'一种扩展读者灵魂限度的精神操练'"。在两种语言的参照中，在跨文化的观察中，在思维差异的对比中，在不同身份的转换中，一个作家必然会更加细致、深入地寻找自我、辨识自我，并渴求包容和认同，渴求人类共同的尊严。我想，帕蒂古丽也是如此。首先，她把汉语作为镜子，通过写作将语言与现实交融在一起，或者说，语言是另一种现实："我吃惊于汉语这门语言的形象性与准确性，它镜子般反照出我的本来面目，让试图改变和隐藏的那个我原形毕露"。其次，她用维吾尔语的思维来调整她的汉语表达，并且修复她的本能记忆，找到她的精神依据。比如，与汉语里的"语言"对应的词，在维吾尔语和哈萨克语里，都是"舌头"。帕蒂古丽认为"舌头"这个词更具象地指示了语言的本质，她用"有多根舌头""舌头被捆绑的人"来描述自己的身份焦虑，而且，自己通过多种语言知晓更多秘密之后，反而陷入意义困惑和表达困惑。再比如，她坚持用"看不饱"替换"看不厌"，因为维吾尔族没有"厌恶"的感情体验，一个人不会"厌恶"另一个人，只是不再喜欢另一个人。她试图触及语言之根、存在之本。再者,她在两种语言、两种文化的夹缝里,打开了被遮蔽的世界,发现了隐蔽的意义,她进行了新的理解与阐释。比如,她这样写道:"在新疆,'二转子'是一个神秘而尴尬的身份,从我的体会出发,'二'就是合成品,'转'就是变化、不稳定,无法正确定位。这是我从两种文化的夹缝里看到的,对这个称呼隐秘含义的解释。"以上三方面,均说明了帕蒂古丽希望通过不同语言的多元观照,来还原世界,把握真实,寻找生命的依托。

因此,在帕蒂古丽的散文里,可以读到多种节奏,冲撞、跨越、融合,试图理解生活中的种种苦难和不可思议,打破人心的阻隔和命运的障碍,语言更多地表现为意志和理念。她的写作既有神秘的感性经验,又有清醒的理性反思。她说,"语言是一条精神得以前行的路径",的确,在汉语里,"路径"即"道","道"即"言说"。借助语言,帕蒂古丽不仅在探索个体的精神走向,而且在探寻和理解不同民族的精神来路和融合出路,这使她的写作散发着人类价值的光芒,照亮了分歧和裂缝中的黑暗。

读了干亚群在宁波出版社出版的《指上的村庄》,我感受到了她对乡村文化日趋衰败、消亡的担忧,这体现了一个作家的社会学思考和人类学眼光。这本书写了各色各样的中国乡村工匠,铜匠、泥匠、箍桶匠、篾匠、弹花匠、补缸匠、吹鼓手、劁佬、揭鸡佬……写了这些手艺人的职业伦理、职业禁忌,写了乡村的习俗礼仪、人情世故,写了逐渐崩塌的乡村文化结构。她用文字留住这些故事,写这些就要被遗忘的昔日乡村日常生活。这样的写作,注定了她的语言是温情而细致的,谦卑而内敛的,仿佛那些讨生活的工匠一般小心翼翼,生怕伤了什么。这样的写作需要经得住细节考验,确保纸上的记忆来历真切,还需要一颗平和之心。反之,过于美化、神化这种乡村生活方式,则可能失之于矫情。干亚群处理得很是得体,由物及人,写出了真诚的精神关怀。正如她在《篾匠》中所写的:"篾匠是及物的,他为我们制作出日常离不了的器具,同时也是不及物的,因为他编织的竹篾器具有某种象征或引申意义。"她要写的是人,"让人记住的人",人的精神向度以及人与人之间的微妙距离和交错空间,人的背影与永恒价值。

干亚群写人,语言简洁、节制,甚少主观评价,对语言的尊重透露出的是对人的尊重。《乡下的老鼠也进城》写的是修伞人,"母亲示意我给他泡一杯茶。我小心地捧着茶走到他身边,他弹簧似的站了起来,双手接住,嘴里不停地说:

'罪过,罪过……'"对一个孩子都是如此礼数,反应认真得有些夸张,修伞人的卑微、谨慎已经到骨子里了。修伞人接到新的生意离开时,"他霍地站了起来,一口喝干杯里茶水,'啪'的一声,泼干净了茶叶。转身往自己坐过的竹椅上拍了几拍,一把抓起椅子搬到了屋里。母亲还站在扫帚边,想客套一下都来不及,他的动作实在太快了"。修伞人赶生意急,再急也不忘"转身往自己坐过的竹椅上拍了几拍",生怕脏了主人家的椅子,并且"一把抓起椅子搬到了屋里",不给主人家添麻烦。"实在太快了"却反映出人心里留下的"余地"。以上两段文字,都是白描,只有名词、动词,将人物的形象刻画得栩栩如生,也将人物的生存姿态描绘得纤毫毕现。不懂得手艺人的难处,是注意不到这些细节的,一个优秀作家的语言里藏着人间情怀。

干亚群善于叙事,其散文语言有笔记小说的味道,浓入淡出。她还用一些余姚方言,穿插在人物对话中,生活气息弥漫。她的语言和内心一样,不温不火,安静柔和,质朴坦然。在这一个个流动的人物中间,她悄悄地观看世道变化,直到她的文字发出引人共鸣的悲欢声。语言的这种"淡",恰如记忆的痕迹。

以上三位宁波女散文家,都写出了令人印象深刻的好作品,而且形成了各自的语言特色,丰富了当代散文创作的实践。今天,有很多评论家和作家认为散文难写,好题材都被写完了,散文创新的空间不大,进而忧思散文作为文体的"尴尬",担心散文这种文体会没落。其主要原因,是一种为文学史而写作的焦虑,认为要进入文学史就要进行"范式变革""文体革命"。散文的"范式变革""文体革命"有必要这么迫切吗?其实,当代散文创作缺少的不是文学观念,也不是形式创造,而是好的文本、好的作家。从20世纪90年代的"散文热"兴起,到如今散文创作总体态势不够活跃,读者对散文阅读的需求一直没有减退,相反,根据图书市场的统计,散文阅读量在增长。但是,读者选择阅读现代名家的散文作品为多,当代作家的散文作品叫好的不多,"叫座"的更不多。这就说明,读者对所谓散文"文体革命"并不十分关注,而更看重作品本身的价值。路要一步一步走,如果作家们抛掉"范式变革""文体革命"的"野心",走进自己的内心,踏踏实实写出好作品,散文的文体发展不可能止步不前,也不可能行之不远。

的确,中国现代散文的高峰难以逾越。现代散文是"五四"文学革命的最重要成果之一,曹聚仁先生在20世纪30年代便指出:"白话文代替古文站在散文的壁垒中了。就当时的情况来看,与其说是文学革命,还不如说散文运动较为妥切。"

现代散文文体从"五四"到三十年代,便可以说已经确立并基本成型。1917年刘半农在《我之文学改良观》中就提出了"文学的散文"的概念:"所谓散文,亦文学的散文,而非文字的散文。"而次年傅斯年在《怎样做白话文》中将散文确立为一个独立的白话文文体,与小说、诗歌和戏剧并列。写作者分出了不同的思想立场、文化倾向和创作理路,也形成了多元化的作品风格,打破了散文写作的局限。一大批现代散文作家如鲁迅、周作人、朱自清、俞平伯、冰心、林语堂、梁遇春、何其芳、梁实秋、夏丏尊、丰子恺等创作出了许多优秀甚至经典的散文作品。其时,现代散文文体已经融合了中国古汉语、口语方言和欧美语言等多种资源(如冰心主张"白话文言化""中文西文化",认为"作家如能无形中融合古文和西文,拿来应用于新文学,必能为今日中国的文学界,放一异彩"。)。一方面,体现了语言的多样性、丰富性,并希望建立"理想的国语"(周作人语);另一方面,整合了中国古代文学传统和西方文学传统,在承载新的审美情操、人文修养、生活趣味和价值观念上完成了现代转型,文学观念开放而自由,可以说,"万紫千红总是春",呈现出勃勃生机。现代散文在抒情表意、叙事状物、议政说理等诸多方面打破了表达界限,既体现出一种自觉的文体所具有的形态和规律,又显露出合乎文学本体的创造性活力。

此后,散文的发展并未在打破文体范式方面有多少进展,也就是说,形式创新不及小说和新诗。因此,散文创作不太"热闹"。最近一些年,一些人提倡"艺术散文""复调散文""非虚构""跨文体写作"等诸多文体尝试,试图左冲右突,吸引媒体、评论家、文学史家对散文的注意力,却鲜有相对应于此类"先锋主张"的佳构力作。急功近利,一哄而上,缺乏积累,缺乏打磨,并不能产生好作品。对这些文体尝试进行"命名"和"定义",其实是将散文角色化了,是狭隘的文体观。特别是一些文学期刊、文学评奖活动以及文艺批评活动介入以后,散文写作不但没有打破旧的局限,反而陷入了新的时弊。散文写作应该没有那么单一的模式、套路,没有那么封闭的结构、章法。散文贵"散",写作者应该"散怀抱",这样才可能发挥散文在表达自由方面的优势,这也是中国现代散文成就告诉我们的经验。

赖赛飞、帕蒂古丽和干亚群三位宁波女作家的创作实践启发了我们,散文写作还是要关注现实,从生活出发,从自身的精神体验出发,而不是急于"跑马圈地"、开拓"领域",不是急于"文体革命"、"创造"范式。我们正处身于一个变革的时代,这个时代也暴露出一些新的矛盾。如何反映变革的时代,如何引领变革的时代,确实值得散文作家们深入思考和积极探索。写真诚个性、人生意蕴,与写社会变革、外部生活,存在冲突吗?作家要不要把自己放进时代里面?作家又如何与现实拉开距离?散文创作要写内心生活,并不等于漠视现实、回避现实,也不等于复述现实、简化现实,不被经验束缚也不被现实掠夺,而是要把自身的灵魂独白与一个时代的精神建构联系起来,写好人与世界的对话。青年散文家王族2016年在一篇创作随笔中写道:"如果说,诗歌是写我的宇宙,小说是写我的世界,那么散文就是写世界中的我。"他清楚地看到了散文写作中个人经验与心灵世界的关系,看到了个人性情与公共情怀的关系,所以,他认为,"散文是一种藏不住人的写作",散文写作应该袒露作家"精神的向度和心灵的宽度",能够感染"时代心灵"。赖赛飞、帕蒂古丽、干亚群在《宁波日报》上刊发的创作谈中也有类似的感悟。赖赛飞表示,自己的写作将坚持"及时、及地、及人,组成多维,带来广泛的真实"。帕蒂古丽认为"写作就是为了构筑自己的精神宇宙"。干亚群则"认为散文必须要有深度,这个深度就体现在情怀上,体现在思想上"。

赖赛飞、帕蒂古丽和干亚群三位宁波女作家的创作实践也启发了我们,好的散文作家必然能自觉对待语言,或者说建立语言自觉，认识到语言是一个形而上的主体，努力探索语言的边界。语言显示了生命的存在形式，也显示了世界的可能性。而散文应该释放语言的能量，语言的存在是在对生命的存在、世界的存在之表达中显示意义的。如何表达？表达语言本身的存在。赖赛飞、帕蒂古丽、干亚群的散文语言，都在某种程度上具有诗性，都从及物到不及物，这就拓展并创造了语言的边界。帕蒂古丽还去寻找并打开两种语言之间的缝隙，让光渗透，让生命和世界敞开，这就是高度的语言自觉。这三位宁波女散文家各自的语言特色，乃是各自的生命体验的显现，乃是各自的本体与世界关联的显现。或者说，她们各自的语言特色，与她们所感受到的世界构成了一种"相似"的关系，譬如，赖赛飞的离开—返回、帕蒂古丽的撕裂—融合、干亚群的遗忘—铭记，这些都拓展并创造了语言的边界。

由是观之，散文的"范式变革""文体革命"没有必要如此迫切，一些宣言、主义无须妄图"各领风骚"。不应为了形式而形式，为了创新而创新。只要作家"我手写我口"，建立"我"与世界的关联，建立生命自觉和语言自觉，就会不拘一格，突破僵化的形式，创造语言的活力，推动散文的创新以及散文文体的完善、发展。

第三辑

作为媒介景观的书法实验
——林邦德"古道新履"实验书法展观后

林邦德是在国内有影响的宁波书家,其行草、大草作品,左驰右骋而不离绳矩,潇洒浪漫而不见浮滑,既有功夫又有意趣。林邦德将此次实验书法展命名为"古道新履",可见他是骨子里遵守古道的,一以贯之传统书法的精神,但是,他又希望探索求新,在古道上留下新履痕。

但凡探索求新都有风险,都会遇到矛盾。"古道新履"展出的作品,其探索求新之处(亦是引起争议之处)有四:

第一,书写材质迥然不同于宣纸,而且这些材质大多具有鲜明的媒介属性。如灯箱片、广告纸、新闻纸、时尚杂志彩页、包装盒、写真布等等。不少材质上印刷有明星人像、商标、奢侈品招贴、新闻、广告文案之类。可以看出,与日常书写的悠游不同的是,林邦德在这些材质上的书写速度更快,笔墨与材质之间的摩擦力更大,因此笔墨张力外显,并不与材质形成包含、渗透、融合的关系。书法是作为材质的表象的,并借助于作为媒介的材质而形成图式。

第二,书写内容也完全有别于传统的书法创作,将现代诗、广告词、心灵鸡汤读本乃至由色彩、线条、肌理构成的抽象符号作为书写对象。这些内容打破观者对书法作品的审美经验,而引发了书法与时尚关系的思考。时尚的"造魅"是虚幻的、去深度化的、短暂的,而作为精神书写的书法是真诚的、难以"祛魅"的、永恒的。但是,书法主动寻求时尚载体并非书法在当今的落寞,而是书法在对话性中寻求新的日常话语,因为在一个互联网和云计算代替心追手摹的时代,书法越发成为形而上的语言,脱离了社会交往和文化仪式的功用。过于形而上,书法应当越发走向抽象。

第三,作品的空间布局由传统的章法演变为现代的平面设计。或者,书写痕迹所占据的空间自觉地避让于由原有材质上的商标、影像及其他时尚元素所主导的空间,甚至是退缩到作为背景或画中画的次级空间。如:在"三星""华为"等手机招贴上的书写以商标logo为视觉中心,在时装摄影招贴上的书写填补在女模特的人体区域,冀汸、舒航的现代诗均书写在时装摄影的背景或画面一角上,写在"三星"手机灯箱片上的作品干脆呈现为"三星"英文首字母S的形状,写在"苹果"手机灯箱片上的作品干脆呈现为被咬了一口的苹果形状。这些都是一种空间"嵌入"。或者,用粗线条、大块面的书写颠覆材质上原有的视觉内容,如"镶""声""似真""勃郁"等大字作品,弱化了文字的形体可辨性而强化了符号的抽象意味,这些又形成了空间"覆盖"。不论是"嵌入"还是"覆盖",都彰显为新的书写符号与原有的材质符号的分离、互斥。

第四,作品的展示具有表演性。有的作品展示在展厅楼梯的台阶上,有的以顶棚的形式展示在空中,有的堆积为立体的集装箱,有的添加了光、电等介质。借助于各种工业化媒介的展示方式,使观者的身体感受立即动起来而不是静下去,这也是与传统书法审美体验相冲突的。展厅更像是个开放的舞台,让观者与书者互动,共同参与文化狂欢和符号生产。

以上四个方面特征都指向一个词:媒介景观。法国人德波指出,"大众传媒已经成为景观社会的原动力,是景观最为显著的表现"。在德波提出"景观"及"景观社会"理论的基础上,道格拉斯·凯尔纳提出了"媒介景观"的概念,将其阐释为商业语境下符号化的视觉文化消费镜像。媒介景观是制造出来的,通过媒介化过程传播给大众而形成注意力。恰恰吊诡的是,在媒介化社会,最稀缺的资源是大众的注意力。

当前我们处于一个符号化、视觉化、媒介化的消费文化语境之中，制造"媒介景观"已经成为常态，我们早已被广告、时尚、新闻、资讯、物品所包围，手中不离屏幕而不是纸笔，它们已经构成世人新的生活方式和意识形态。也许书法不仅需要引起注意力，更需要引起感染力，引起影响力。

如何反思"媒介景观"？林邦德"古道新履"实验书法展提出了一个深层次的问题，也就是他在展览的《后记》中所说的："当传统的书法遭遇当代视觉文化围困的生存环境时，是主动融合还是消极回避，是自我觉醒还是继续保持自命清高？于书法而言，做到古不乖时还是有趋合今弊之嫌？就书法与平面设计作品两者的结合而言，是两两增值还是反倒相互消解？"对林邦德来说，这是一个具有自我批判性的问题，一个在警醒中继续求索的问题。书家并非盲目地进行创作实验，而是主动地把自己射到一个靶子上，反身而问，孜孜以求。

作为观者，我很庆幸林邦德在这些实验性作品中仍然保持了严谨的笔墨追求，特别是传统水墨与异质媒材形成了新的线条痕迹、语言节奏、色彩层次等"异趣"。这使传统书法美学相对固化的标准变得有些刻板，而创新题材、形式及其与审美情境的关系均可期待。以林邦德的主动、积极、认真的艺术探索精神,他必将取得更加契合自身主体文化价值的创新成果。

(林邦德实验书法展"古道新履",2015年10月于宁波文化馆117艺术中心举行)

别号、自我命名与艺术自觉
——林邦德《丁酉降》小议

中国传统的文人雅士,除名、字外,一般有一个或多个别号。别号多为自己所起,除供人称呼外,还用作诗词文章、书画作品的署名。别号如何命名呢?可以是本人的居所、地望,也可以是本人的个性、面貌,总之要反映出本人的经历或志向,体现出本人的精神气质。读了《丁酉降》,我方知晓林邦德老师有诸多别号,所以今后要称他"五子先生",或者"恰斋""曲堂""西轩""一散堂"主人。他的这些别号各有来历,"五子"是在兄弟中的排行,"恰斋""曲堂""西轩""一散堂"都是他的书房名称。"一散堂"是新工作。"书者,散也。"林邦德的书法风格,愈来愈见潇洒浪漫,真性情毫不遮掩,可以说是书如其人,人书合一。《丁酉降》是他六十自寿的文字,经过了一甲子,他又回到初心了。孟子曰:"万物皆备于我矣。

反身而诚，乐莫大焉。"林邦德的"反身而诚"，合乎道。"天命之谓性"，从五十岁开始，就往回走，回到本来的样子，回到自然的本宅，回到物我一体。这是反思性的返回，是新的出发、新的超越，所以，他写下《丁酉降》，意味着生命的新降生。

他是如何反思的呢？在这本书的跋中，他介绍，2016年（丙申年）夏天，一场大病袭来，林邦德动了两次手术。他将病榻时间"看作生命过程的额外福利、生命长度的有效延伸"，"想想事，记记事"，回望了过去。他出生于一个基督教徒家庭，我猜度，他的生命观里有着救赎（save）的愿望，所以，他把这些病榻时间看作是省（save）出来的、余出来的，这实在是一种通达。余，就是空间（余地）的腾让、打开。只有反思才会形成这样的"延伸"，才会获得这样的"额外"；只有反思，才会清除生命里的壅塞、淤滞。

杨东标先生的序，称这本书的笔法"亦叙亦议，亦歌亦诉，亦谐亦庄"，评价是客观公允的。林邦德在平实克制的记叙中，偶有议论，而这些话不在多的议论，却以自嘲为主，以善意的玩笑为主，毫无怨艾，有仁恕之风，反而庄严了自己。譬如，他回忆，某年冬天兄弟四人半夜拉车装运柴火，又累又饿，在山路上无法迈步。"我哥碰到了一大早准备到岳井赶集的老伯，他是去卖自己腌的咸菜的。我哥向老人说明了情况后就厚着脸皮提出要咸菜的愿望，老人二话没说，挑了一棵最大的送给我们。我想，这就是俗话'开口三分力'的最好诠释。"末句这一议论，真是有力！它把命运的重压和人性的挣扎都说出来了，却知难而进，知足而乐，悲欣交集，自有尊严。没有大智慧，是感悟不到这句俗话的意义的。林邦德今天的玉汝于成，或许与少年时的艰难困苦有着关联。所以，他谈到学习书法的体会，有了这么一句大白话："人在字上磨。"这句话或许来自王阳明"人须在事上磨，方立得住，方能静亦定，动亦定"的启发，但是林邦德的经历决定了他下得了功夫。林邦德的书法线条内藏韧劲，绵长不折，跌宕不止，没有几番苦功夫便没有这般成熟。

　　林邦德对书法的认识，自谓除了勤学苦练，"弥补了先天不足"，还有一份天赋使命的觉悟，"我觉得我的上辈子一定是从事艺术行当的，正因为没做完该做的，这辈子再接着做罢了"。他已经在书艺上造诣颇深，获得了许多荣誉，却仍在58岁时拜刘洪彪先生为师，难得不负初心，难得虚心涵泳。他以刘洪彪提出的"富艺术才情，有使命意识"为目标，以"求法—悟法—变法"为路径，临近花甲，感悟到"人生确实到了'散怀'之际"，开始"衰年变法"。譬如，在书法语言上，他探索"散锋"和"枯笔"之妙用，这样可以更加任情恣性，当然，也要求更加精准的技法控制和更加聚气的能量运动。在本书"工作室"一章，他详叙了几个别号之自我命名的缘由，其中反映出他的艺术自觉。他的个性，既好动，崇尚创造、敢于追新；也能静，归根复命、凝神入定，这也体现在他近年来的创作上、布局上大开大合，精微处悠游隽永。

一个人的自我认识越是清醒，他的个性、面貌也就越清晰。林邦德老师的反身、回望，显示了他回归质朴的状态、回归真诚的本心。祝贺《丁酉降》出版！也祝贺林邦德老师花甲寿诞！

（《丁酉降》，林邦德著，宁波出版社2017年12月第1版）

出方入圆　笔写刀锋
——从方向前的创作谈用笔问题

　　四明草堂主人方向前喜临北碑，于造像记、墓志铭之类用功颇勤，又喜临汉隶，取法于《礼器碑》《石门颂》，北碑承汉隶而来，故其书融贯汉隶与北碑，有稚拙之气，亦不乏飞逸之态。《礼器碑》《石门颂》均属瘦劲雄健一路，前者俊丽，后者烂漫，而二者俱飘逸多姿，疏秀超妙。北碑中，方向前多年所追之《崔景播墓志》《源延伯墓志铭》，均存隶意，笔画瘦硬，书写爽利。从方向前的真书、隶书作品中明显可看到他的读碑、临碑体会，他的行草作品亦从中来，源流一致，巧拙互参，率真恣意，骨力劲健。真行草隶，四体皆通，这本来就是书体演变的规律。遗憾的是，习书者大多专攻一体，视野狭窄，有的人即使涉猎广泛，却又缺乏悟性，打开不了机关。方向前多年沉浸于汉魏之中，笔性与心性逐渐融合，每每得到大朴不雕、逸笔草草之发现，几近浑然忘我，纵横无拘。

有人说方向前写的是"丑书"，这其实是误解。因为方向前是一个恪守传统之人，可以说，他的创作是笔笔都有来历，只不过是多欹侧而少平正，多萧散而少精密，不避夸张的形态，但是，总体上把握了鲜明的碑味。他把隶书、草书的用笔法融入其中，譬如，加大了方折使用的幅度和比例，加入了铺毫使用的幅度和比例，既有骨力，又有姿态。相较于"二王"一脉之妍秀温润，方向前的作品显得放纵激厉得多，在江南之地，倒是很容易不受待见。而且，这样的写法一旦把握不好，可能暴露出习气，失之于鄙野粗劣。

这里，顺便提及碑帖之辨。

对于学书者而言，学碑还是学帖，至清中期突然成为一个重大问题。明清碑版出土数量大增，可以让学书者汲取到更多的新资源；清初复兴篆隶，希望改变越发靡弱纤巧的书风；金石之学日益隆盛，在证经补史的同时，显明了劲质深沉的审美向度——久被"二王"趣味遮蔽或禁锢的北朝书风，迅速醒人耳目，引起知识阶层重视，碑学思潮随风而起。山阴杨可师著《大瓢偶笔》，在金石学基础上提出了碑学思想，"南北朝书，虽多生强而古意犹存。若《张猛龙》《崔敬邕》碑则精拔粹美，妙不可言矣"。他批评帖学之弊，"大都法帖与时递降，是以宋不如唐，明不如宋，明末又不如明初，今则又不如明末矣，可叹也！"同为金石学家的阮元，在《南北书派论》《北碑南帖论》中指出，"南派乃江左风流，疏放妍妙，长于启牍，减笔至不可识"，"北派则是中原古法，拘谨拙陋，长于碑榜"，"两派判若江河，南北世族不相通习"，"短笺长卷，意态挥洒，则帖擅其长；界格方严，法书深刻，则碑据其胜"。阮元书分南北派之论，与董其昌画分南北宗之论，都是对古代书画传统及源流变迁的重新认识，以求脱时俗而得古意，钱泳赞之"真为确论"，康南海赞之"伐木开道，作之先声"。邓石如的书法成就得到包世臣的大力推崇，其篆隶之作被列为"神品"。与阮元尊唐碑的看法不同，包世臣尊北碑而轻唐碑。在《艺舟双楫》中，包世臣赞美"北朝人书，落笔峻而结体庄和，行墨涩而取势排宕""北碑体多旁出""画势甚长""字有定法，而出之自在，故多变态；唐人书无定势，而出之矜持，故形板刻"。康南海《广艺舟双楫》发扬了包安吴《艺舟双楫》之见解，将碑学推至极高地位，指出"今日欲尊帖学，则翻之已坏，不得不尊碑；欲尚唐碑，则磨之已坏，不得不尊南北朝碑"。他的书法作品碑意鲜明，雄强率直，影响一时。会稽赵之谦也是身体力行的碑学大师，他认为六朝古刻"乃入超妙地位",其真书、篆书成就俱高,既刚健拙朴又圆通自如。概而言之,清人重碑抑帖之风气,影响很大。

当世书法大家沙孟海对碑帖的认识更具有历史眼光。他认为:"刻手优劣一层,阮元、康有为两人好像都没有想到。他们认为凡碑皆好,这是偏见。今天我们看到历代书法的直接资料与间接资料都比阮元、康有为看到的丰富得多,证明他们的话是有局限性的。"沙孟海也具有辩证眼光,既重碑,又重帖:"把碑与帖对立起来,那也是偏见。明朝人对帖学功夫最深,书法名家如祝允明、文徵明、王宠、董其昌,张瑞图、黄道周、倪元璐、王铎……继承宋、元传统,大有发展。""我们学习书法,应当兼收碑帖的长处,得心应手,神明变化,没有止境。我们对待历代碑帖,都必须有分析、有批判,吸收其精华,扬弃其糟粕,决不可盲目崇拜,也不能一笔抹煞。"沙孟海的书法作品确实也能够兼收碑帖的长处,有金石气,又不乏书卷气。

方向前学碑为主,也没有放弃学帖。其自谓从北碑学结字,从汉隶学笔法,从"二王"学章法。他的笔法,前面我已经说过,对四体皆通的意思有些感觉了。其近作融合了隶书、草书、北碑的笔法,以隶为主,隶中有草,纵横自如。"秦造隶书,以赴急速"，隶书与草书的用笔是暗合的。北碑上承隶书，下启唐楷，学北碑者可体会用笔的源流关系。关于笔法，赵孟頫"书法以用笔为上""用笔千古不易"之说，向来聚讼纷纭，而我一直信以为然，奉为圭臬。"用笔千古不易"，并非专指写帖，写碑亦然。书法首先是线条的艺术，点画质量决定了雅俗高下。用笔千古不易，意味着用笔须从古法，与古为徒，在与古人对话的过程中，注入书者之个性，驾驭书写之共性。这个共性，是尊重毛笔所具有的尖锋软毫之性，是文人守中道、行正道的修为规则。东汉蔡邕在《九势》中说："令笔心常在点画中行。"这就把心与手的关系、文与质的关系说得清清楚楚了。点画的变化看似无穷无尽，其实，这一笔也是那一笔，那一笔也是这一笔，笔心始终归一。轻重、疾缓、润枯、平侧、粗细、浓淡、连断、健妍、虚实，都不影响笔力，都未减弱点画的生气，反而在辩证的关系中加强了张力，丰富了趣味。

写碑之用笔与写帖之用笔是如何贯通的？当世另一位书法大家启功《论书绝句百首》之三十二曰："题记龙门字势雄，就中尤属始平公。学书别有观碑法，透过刀锋看笔锋。"在启功先生看来，刀锋可以还原为笔锋，"学书如不知刀毫之别，夜半深池，其途可念也"。书家临帖、观碑，都要懂得"出入"，按照执笔、运笔的常道而写，按照毛笔、墨迹的特点而写，按照书写材料的性质而写，不要为了所谓"刀味""碑味"而矫揉造作，必须不离笔法的根本。书家应该知道碑刻对于古人笔法原貌的损失，包括书丹、勒刻环节的走形，刻工的粗劣处理，风雨的剥蚀，虽然或可发现其中亦有拙趣、天真的因素，但是仍需辨识并重建碑刻与墨迹之间的联系。启功与沙孟海在这方面的看法是一致的。时下，有些人为了追求所谓斑驳效果、棱痕效果，追求所谓视觉冲击力，故意把笔毫剪破，把宣纸揉碎，甚至违背执笔法、运笔法，这实在是缘木求鱼。我的师兄陈新亚曾说过，你让毛笔不舒服了，写出的字能让人舒服吗？这是经验之谈。透过刀锋看笔锋，启功说的道理，就是要"出"得碑刻字迹的形态，"入"得千古不易的笔法。

方向前的用笔，使转波磔的起伏幅度较大，书写速度也很快，但是，总体上坚持了千古不易的笔法，所以，他的作品有古意。笔意古雅、古拙、古健，而不是古怪、古板、古执。碑帖并非对立，学碑、学帖之间并无矛盾，在笔法、笔意上尤其如此。重法还是重意，侧重不同，但是笔法、笔意是不可分的。雅者，正也，合度得体即为正。拙者，不事雕琢，一任天真、大巧若拙。健者，骨力强劲，不浮不躁。古雅、古拙、古健，是笔象，更是心象。方向前在高校任教，注重人文修养，他的性情有率意放达的一面，也有斯文沉着的一面，本来就不会竞奇骇俗，也没有冥顽不化，所以，他笔下的线条表现了出方入圆、刚用柔显的内在气质。假若心生迷惑，刻意为之，不但古意全无，反而俗病难医，或僵死生硬，或执拗横蛮。他用方笔较多，而用方笔尤其不易。方笔须不方，亦方亦圆，方在形而圆在意。在笔势的形成上，方向前一方面从北碑中求险峻多变、骨多锋劲，力量自中锋而深透，另一方面以隶笔之展捺而扩大开合，侧锋方笔随势疾出，写得果敢而连贯，超逸而峥嵘。当然，方向前的作品有时动而开张有余，静以内敛不足。如果用笔多些圆婉，书写速度多些节奏变化，善于迟留，就可能做到缓而不滞，更见涵泳。林散之先生曾说过，"处处能停""笔笔要留"，笔法要追刀法，避免轻滑，功夫都在用笔上。这大概是不少写碑者难以企及之处。

今世美学家邓以蛰说："书法以笔画始，亦以笔画终也。"笔画之于结构、体势，之于形式、气韵，非常重要，是书法的根本。方向前从学碑入手，兼及学帖，用笔已然入心，其作品个性鲜明，真我流露，有出入古今的自觉。用笔之事，学碑还是学帖固然路径不同，最终殊途同归，归于一个人的本心和悟性。如是，学碑、学帖，都不会机械从事，而能够求通善变，有血有肉。

书法与书道的对话
——观沙孟海与井上有一联展"看得见的思想"有感

承蒙策展人陈琦教授邀请,笔者在宁波华茂美术馆欣赏了"看得见的思想——沙孟海＆井上有一作品联展"。虽然这只是井上有一与沙孟海两位先生的联展,但称得上是日本书道与中国书法的对话。

沙孟海是从宁波走出去的大家,对中国当代书坛的影响巨大。他转益多师,五体兼备,自中年后逐步形成了浑厚雄强、古拙朴茂、开合自如的风貌。这与他的人生体悟是相关的,经过了大波大折、大苦大难,乃见风骨刚健、真力弥满的精神。此次展出的楷书十二条屏系其青年时期所作,但已经有了宽博气象,笔墨的丰富性令人惊叹:将帖迹碑趣熔于一炉,用笔顺锋所起、信锋所趋,结字化颜化欧于无形之中,并参入篆隶古意,洋洋洒洒,气脉贯通。这样的书写,毫不刻板,毫不矫揉,精谨遒劲又姿态活泼,功底深厚又可见性情,人生的真实气息迎面而来。

论者多称沙孟海晚年之作"随心所欲不逾矩",实乃厚积薄发所致。杜甫自谓"晚节渐于诗律细",是从另一面来谈艺术自觉的,对艺术形式、艺术法则的遵循来自对艺术形式、艺术法则的体悟,需要长时间的艺术实践才能感受、实现形式之美,从必然王国走向自由王国。书法有"法",这个"法"是共同的审美框架、文化传统、价值规范。当然,书法也无"法",朱熹评价《十七帖》"不与法缚,不求法脱""一从自己胸襟中出者",这才是有无之间的自由书写。总的来说,书法的"法"建立的是一种艺术理性。但是,我们还是应该看到,在不同的时代里,在不同的意识形态实践中,在不同的文化背景下,书法的"法"并非是不变的。

井上有一的"随心所欲",不止震撼日本和东亚,而且震撼了西方,进入了西方现代艺术史册。他的作品墨象奔腾,笔意飞舞,极富视觉冲击力。仔细观之,每一个字都有着不掩饰自己的姿势和表情,活生生如真人立在眼前。这次展出的"贫"字,如风雨中深一脚浅一脚行走的老僧,粗头乱服自安闲(井上一生贫困,临终前自谓"守贫挥毫,六十七霜",

写过无数的"贫"字。);又如"花"字,旁若无人地孤寂绽放,宛在禅境中。井上有一的作品里有着一股燃烧的热情,这热情是经历了磨难、抗争后的率真之气,经历了反省、否定之后的豪迈之歌。

井上有一曾与死神擦身而过。东京大空袭时,他躲避在所任教学校的仓库里,次日醒来,躺在累累横尸之中奄奄一息,经过人工呼吸抢救才起死回生。经过如此创伤和劫难之后,他大彻大悟:还有什么可以束缚自己呢?他从西方的美术里找到了能量爆炸的表现力,又从东方的禅宗里理解了心无挂碍的纯粹性。1982年,66岁的他写了一首诗《随心所欲地写吧》:"什么书法不书法／斩断它／我要同一切断绝,甚至断绝那创作的意识""在伪劣、假冒盛行的当今社会／摈弃一切低级趣味吧"。他的书写,超越了任何外部标准和他者眼光,唯有自己的生命才是真正的价值所在。这不是孤傲,而是对生命的珍视与坚守,是把书写与生命融为一体的超然决然,因此我行我素,直抵本心。井上有一的书写,和时代的关系更为紧密,批判精神也非常明确。

中国书法是一种日常实践。一方面每日不辍,临习经典,心追手随,与古为徒,契合于笔墨呼吸与精神交往之间;另一方面,书写是日常生活方式的一部分,我的师兄陈新亚提出"书法生活化",即在日常的功能性书写中得心应手、心手相忘,持毛笔写字如拿筷子吃饭。而自江户时代以降,日本书道具有很强的创作性,即书写成为纯粹的艺术行为,重表现、释放,与中国书法重体现、修养截然不同。日本书道根植于中国书法,但受日本本土文化的影响,特别是在现代化的演进过程中,已经脱离中国书法的观念、趣味,成为与中国书法并开相映的奇葩。日本书道的现代韵味,并非背离传统,而是突破传统的形式束缚,向着个性解放、生命自由的方向生出新的活力。不能不说这是一种文化自觉。比如井上有一的创作,敏锐地针对战后人性虚伪、社会功利的时代性问题进行批判,同时追寻不为物役、除却幻念的精神世界,使艺术回到了生命本源。

  相形之下,当下中国书法的问题是既不能接续传统,汲古为新,又不能直面现实,问道本心。前一种情形是书法家的职业化。书法家没有字外功夫,修养不足,急功近利,被展厅效果、市场需求、评奖风向等牵着鼻子走,而且传统的笔墨功夫下得不够,流行书风、"丑书"的一时泛滥即为证明。后一种情形是书法家的工匠化,万事不关心,埋头只写字,形式感有余而主体性萎缩,缺乏艺术思想和人文关怀,找不到精神价值也找不到创造价值的话语方式。有人惊叹,中国书法再也没有大师了!这两个问题不解决,何来大师呢?

当然，日本书道也有值得反思之处，譬如过于重视造型，甚至作品以单个字为主，变化少，形式夸张。这是否是美学上的简化、思想上的贫乏呢？中国传统书法为什么强调笔墨的丰富性？因为中国传统文化强调生命本身的丰富性。正因为此，井上有一逝世之前以原寸通临《颜氏家庙碑》二千八百八十字，将颜真卿的晚年作为对身患绝症的自己的鼓舞，从颜书中感受到"更新鲜、更新颖、宛如那颗星一样的新的惊愕"，汲取生命不竭的活力。

笔者偶然读到日本书法家青山庆示的一篇文章，谈到其父亲青山杉雨曾在中日邦交正常化三十周年时，与沙孟海先生在日本有过一次联展，其时沙老已经逝世。这次井上有一与沙孟海的联展，又一次证明沙孟海在中国当代书法史上的代表地位，也又一次启迪我们从中国书法与日本书道的对话中提高各自的创造力。对于在纸上留下生命痕迹的书者而言，创造力就是看得见的思想。

（"看得见的思想——沙孟海＆井上有一作品联展"，
　　　　2016年6—7月于宁波华茂美术馆举行）

文心游艺：孙群豪治印之路

宁波当代篆刻已形成创作群体，目前西泠印社社员就约有十位。我喜欢的印人中，少不了孙群豪，觉得其作品流露出一股文气。他的印面光洁，布局停匀，线条清丽，运刀简练，总体上风格雅正，又能见性情，不刻意求拙亦不刻意求工，更不竞奇骇俗、立异标新。他的变化更多体现为随形就势，静中求动，平直中带隶意，方正中有婉转，受汉印影响较深。这样的印风，朗润温和，力避造作妍媚，趣味如同水墨中的"小写意"。

我是了解群豪的聪明劲的，他是西泠印社社员、中国书法家协会会员、中国作家协会会员，熟悉英语和欧美文化，爱好和兴趣广泛，且各有所成。治印，似乎是无师自通，他小时候只是觉得篆刻好玩，没想到痴迷日久，临习不辍，走上了正道。这自然是因为其颖慧，形成了不俗的审美能力，没有误入歧途。我尤其喜欢他的白文印，走平实一路，体合自然，呼应默契，浑朴灵动，微妙处生气喜人，是低回的抒情、悠游的歌咏。刘熙载《艺概·书概》云："书要直而有曲体，直而有曲致。"其实，汉印之妙亦是如此，纵横得宜，曲直互见，虚实相生。尽管群豪也知道自己有个别白文印作品略显单薄，但是，奏刀时并不耍弄聪明劲，不会为了"藏拙"而刻意"露拙"，即为了所谓苍劲老辣而刀痕毕露，为了所谓古朴拙涩而支离破碎，他坚持自己的趣味，笔画形成自然粗细。在章法上，他没有为了所谓大开大合而故作疏密，能够稳中应变，如同水随山形。这般适度而为，本分而为，恰恰体现了他对于篆刻艺术的谦抑之意、敬畏之心、和正之心。如果逞才使气，生了机巧心，他的印风很可能"动作变形"，扭曲怪诞，形成积习流弊。

孙群豪的文气正是"印外求印"的显现。所谓印外求印，不光要重篆法和刀法，更要重气象和境界。我所说的孙群豪之文气，指的就是气象和境界。篆刻之本，书法之始，即为"文"。《说文解字·叙》："仓颉初作书，盖依类象形，故曰文。"文者，物象上相互交错的线条纹路。"文"，在中国古代文论中，对应"质"，所谓"文质彬彬""质文并茂""文质俱美"，就是君子之风，在内容和形式上是相济的。或者如西人所言，

"文"是"有意味的形式",形式(如线条)具有审美性质,是包含、积淀了社会内容(可理解为"质")的形式。篆刻作品的形式,可以反映出印人的本质,印人的内在修养。孙群豪有"文气",是因为他自觉警惕了鄙野之气,作品渗透、涵泳了自己的修养。其修养不仅是广泛涉猎各种文化知识,而且是长久修炼个体人格气质。

"文",亦对应"道"。刘勰《文心雕龙》将"文心"归结为"道心",文与天地并生,人乃有心之器,精理为文,秀气成采,而"文""采"本于自然之道。古人对于文与道的关系,有过"文以明道""文以载道""文以贯道""文与道一"等不同学说,虽然各有观点,甚至不同观点之间互相辩论,但均强调道德文章,强调道心、人心。道心、文心何来?孔子告诉弟子,"学而时习之"。学、习什么?"志于道,据于德,依于仁,游于艺。"篆刻之艺不仅是"刻图章",而且要塑造个体的人格气象。学习篆刻与学习孔子时代的"六艺",要求是相通的。何谓"游于艺"?孔子说:"吾不试,故艺。"试者,用也。孔子的意思可以理解为,艺乃无用之用。朱子解释:"游者,玩物适情之谓。"玩物适情,悠游乐之,超拔功利,才能从容得道,道始于情。"游于艺"是"依于仁""据于德""志于道"的前提,是个体内在精神自由的无形实现,是道德意识与美感意识的互相转化，是艺术情感与人格力量的自然流露。

"道"所关注的是生命的终极意义，一切文学艺术都是如此，篆刻毫不例外。孔子说："古之学者为己，今之学者为人。"为己者，修己也，是自我认识、自我发现、自我发展、自我完善，是塑造人格、气象、境界。我想，孙群豪正是从反求诸己中体悟篆刻艺术，将修养砥砺与审美提升融合起来，故而学有精进，随着修养的增加而弥补创作的不足，显现出宽博平和的气象和变化自生的境界来。

除了读书和创作外，孙群豪特别注重遍访同道，转益多师，向善崇德。他与各界精英人士交往，学者、作家、艺术家、企业家、贤哲、逸士……作家王宏甲用"学博而后可约，事历而后知要"来评价孙群豪和他的作品，肯定他勤于学习、善于学习，能专能博，悟道深入。譬如，他追慕慈溪老乡、著名美术教育家、工艺美术家陈之佛，潜心研究有年，搜集文献资料，编撰《陈之佛传》在上海书画出版社出版，近年又完成《陈之佛年谱》。对于陈之佛与西泠印社中人的交往，他从陈之佛在作品中使用的印章入手，考证了陈之佛与王福庵、杨仲子、傅抱石、钱君匋、方介堪、蒋维崧、张宗祥、曾绍杰等人的交游，并心追手摹，细细地品味这些印作的好处。

他从陈之佛的生平事迹中感知其高洁人格和高雅志趣,继承先贤的文艺事业。再如,他在西泠印社出版社出版了《印说伏龙》,其道心缘于对弘一法师的敬仰。弘一与慈溪伏龙禅寺有缘,曾经在1931至1932年之间三次驻锡伏龙禅寺。弘一法师曾发起成立"西泠印社"之后又成立一印学研究团体"乐石社",定期雅集,编印篆刻作品集,开一代新风。弘一法师曾为西泠印社早期社员,三十九岁在虎跑定慧寺出家之前,将其创作的印作和藏印赠与西泠印社,印社为之筑"印冢",专门立碑以记其事。群豪有心将这些史料整理出来,既是正心修己,也是为地方文史工作服务,并弘扬了篆刻艺术。

  基于对孙群豪的观察和了解,我用"文心游艺"四个字来赞誉他的治印之路。善印者弥众,治印之路亦各有不同,而孙群豪用功于读书、交游甚多,必技进于道矣。我想,群豪闻道在先,定会远离时风,保留一份古雅、一份斯文。

取资宏博还是师法专精
——从张奕辰的艺术实践谈篆刻界的"讨巧"现象

张奕辰是一位非常低调的篆刻艺术家。我迁居宁波多年后,才经由砚右蒋圣虎(翼如)兄得知其人其作。后经奕辰兄奉化同乡、女书法家卓玲儿介绍,有了当面请教的机会。其时,我在媒体工作,有意报道张奕辰的篆刻艺术成就,他婉言拒绝。谈及印坛之事,他又很有原则,很有风骨,对沽名钓誉者丝毫不客气。加了微信后,我了解到他更多的艺术主张,本文所谈论的内容,受到了他许多启发。

本文所批评的当前篆刻创作的"讨巧"现象,既指越来越多的篆刻作者为讨某些评委之所好,不是取法经典,而是"另辟蹊径",寻找"另类传统",又指这些评委别有机心,误导印坛,状若魍魉僧,刻意装高深,讨某些媒体之所好。譬如某评委曾公开说，学秦汉印、流派印，学得再好，也只是拟古、复古，没有创新，所以，参展参赛，最多只能评个三等奖。在我看来，一些获奖作品所谓"创新"，其实仍是拟古，只不过是从砖瓦铭文、刑徒刻画、摩崖石刻、唐宋官印、元代押印等过去不被重视的，甚至部分被认为是纰缪的资源中寻找"灵感"，看似趋新骛奇，实则投机取巧。但是，这样的作品很容易受到媒体追捧，越是引起争议，越能吸引"眼球"，有炒作"价值"。这样下去，很可能导致人们认为篆刻艺术是奇技淫巧，只要善于玩弄花样，哗众取宠，便可获奖、成名，不利于篆刻艺术的健康发展。

张奕辰是西泠印社社员、中国艺术研究院篆刻艺术研究院研究员、中国书法家协会会员，也是《中国篆刻》副主编、《大观》篆刻主编，他在创作实践和创作理论两个领域都有作为，2012年编有《赵叔孺印举》，2014年合编有《赵叔孺书画全集》。他的印风，与赵叔孺一样，雅饬精到，沉潜闳正。奕辰从摹习秦汉印起步，自述"待业年间，遇到启蒙老师陆天波先生，临摹秦汉玺印数百方"，多年沉浸其中，专心致志，之后从元明清文人流派印中汲取新意，融入自我、尝试变化，走的是循从经典、保持自觉的路子。

篆刻艺术要不要拓展更多的资源呢？浙派大家丁敬曾

谓："看到六朝唐宋妙，何曾墨守汉家文。"张奕辰同样认为，不可偏狭地理解"印宗秦汉"，一味复古，泥古不化，只会让篆刻艺术江河日下、古板僵化。近年来，奕辰的篆刻创作也吸收了更多的文字资源，只不过他的创新是继承传统、亲近古人的与古为新，不是偏离传统、背叛传统的"造反有理"。譬如，他以刀为笔，临摹钟鼎文（《大盂鼎》《散氏盘》《周颂壶》……）、石鼓文、秦诏版、汉《袁安碑》，篆刻于石章四侧，形神俱备。此种练习，恐怕是自古以来第一人也。再譬如，他将曾侯乙编钟铭文入印，一方面，表现曾侯乙编钟铭文书体纵长秀逸、运笔细匀流畅的浪漫唯美气息，另一方面，他考察曾侯乙编钟铭文、战国南方地区花体杂篆、汉代海昏侯青铜礼器文字、竹简文字、中山王文字的流变情况，结合秦汉玉印中的鸟虫篆印，发现其中的源流暗合，感受多元的美学韵致。还譬如，他仔细阅读青川木牍、天水放马滩秦简、云梦睡虎地秦简、长沙马王堆帛书、居延汉简、武威汉简、敦煌汉简等简牍帛书资料，体味由篆向隶转化的古隶之风，理解汉字的符号化过程及文化的通俗化过程。他在这些方面所下的功夫，是建立在此前对古玺、秦汉印的研习考释基础之上的。"士之志远，先器识，后文艺。"因此，奕辰在篆刻艺术之路上越走越远，是由于他的视野和胸襟更加开阔，他对更多的文字资源的借鉴和吸收,不是仅限于摹其形迹,而是旨在考察文字演变一脉相承的内在规律,理解不同时代背景下不同的审美风貌。这是超越了功利意义的古今对话,饱含了艺术情感的古今对话。

在以上实践之中,张奕辰深深地领悟到了刀、笔之异趣。譬如,对比于缶翁用柔毫临写石鼓文,奕辰用刻刀临写后,就产生了刀不同于笔的体会,正如赵叔孺以魏碑刻边款时所感慨的"刀刻得出,笔写不出"。奕辰用刻刀临写钟鼎文也是如此。钟鼎文以铸造为主,与甲骨文的契刻特征迥异,线条醇厚,转折圆浑,结字丰茂,且春秋战国时期与西周时期又有不同,尤其是书写意味发生了改变,装饰意味越来越明显。正是体会到了这些因袭变化,奕辰对如何临摹和还原这些文字,又如何表现和借鉴这些文字,有了自觉的追求。他做到了刀中有笔,将书法的笔意与金石的朴质结合在一起,圆融含蓄,涩腻兼备。

对于新的文字资源的拓展,奕辰认识很清醒。与前人相比,越来越多的考古新发现使当今印人可以接触到丰富的文字类型和图像资源。仅以封泥为例,1995年夏,西安相家巷出土两千余枚秦官印封泥,2002年,淄博刘家寨出土千余枚汉代封泥。此外,新的传播技术能够更为清晰、逼真地展示古代实物印面,便于印人更好地理解刻凿之法。这些都是有利的条件,假如善于利用,可以弥补明清以书入印的单薄。但是,如何"点石成金"?他认为,还是要以学秦汉印、学流派印为基础,这样才能兼容通达。他在《西泠艺丛》2016年第五期发表长文《以古为新、兼容通达的书画印大家——赵叔孺》,提出"恢复已失却的古代传统,以廓清流俗与时弊,使创作归于正道"。赵叔孺始终保持对传统的敬畏和遵循,并影响了很多印人,他的弟子陈巨来、方介堪、叶露园、张鲁庵、徐邦达等皆成名家,证实了与古为新、守正出新是何其重要。奕辰认同叶潞渊所言,"任何艺术形式的学习和追求,应正确适度,不可过头,过了头就钻进了死胡同,便不足取,对圆朱文的追求也是如此。"他认为,时下伪圆朱文盛行,原因在于印人只知照猫画虎而不知其所以然,去古愈远,失真尤甚。同样,取法商周秦汉铜器、汉玉印,应深谙其中谨严高贵之味,然后才能不拘其形、游刃有余。

从砖、陶、瓦、璧、权、量、诏、版等铭刻文字中寻觅营养,以求或古拙或放逸之趣,其实前人已有探索。吴让之曾称赞邓石如"以汉碑入汉印",赵之谦在本人的作品边款中记录了从汉碑、汉镜、汉砖中借字的心得,吴昌硕、黄牧甫等也吸收了各种金石文字资料,但是,他们始终溯源三代秦汉，直取古印之神。张奕辰近年来的创作实践，也是沿着三代秦汉之路，兼及更多资源，注重融入自己的个性。如何形成自己的个性？奕辰认为，个性是主体自觉的表现，他尊崇赵叔孺"儒雅高贵、书生意气的名士风骨，以古为新、兼容通达的艺术风貌"，钦羡王福庵"谦恭平和的为人"和"节制精严的印风"。奕辰惜时如金，几乎每天坚持夜课，不喜抛头露面，长时期的修为使他面目平和、性情温良，所以能够创作出许多工细清正、贞秀古雅的佳作。他提醒自己远离鄙俗，取资宏博的同时，最怕专精不足、雅俗不分，不可随意拼凑入印文字，不可盲目追求视觉变异，急功近利必导致扭曲变形。经典的形成是一个长期过程，凝聚了诸多共识。当然，古代的民间文字资源或许能给当今印人新的启发，但是，披沙沥金、去芜存菁并非易事，需要印人具有深厚根基和独到眼光。奕辰的探索，正是融合个性与传统的慢功夫，毫不讨巧，所以值得期待。

自家面目最动人
——《李广南禅艺水墨》序

李兄广南近年来潜心作禅意山水,已成自家面目。禅宗所言自家面目,即是无所碍滞,自性显现矣。

孤峰入云,嶙峋不语;飞瀑悬练,杳渺空鸣。扁舟自横,寒江初雪;风柳横飘,古渡远人。面壁山南,暮鼓余响;结庐石上,青苔复生。柴扉半开,倏忽星夜;素月圆满,万古长空。广南笔下,多为此种情境,超然世外,自然清寂,静穆安然。偶然可见一二僧人,或端身正坐,或挥手相送,或俯首静虑,或持杖远归,皆如芥子,在苍茫天地之间,在日常行住之时,从容不迫。

《六祖坛经》云:"于一切法上,念念不住,即无缚也。此是以无住为本。善知识,外离一切相,是无相,但能离相,性体清净,此是以无相为体。"慧能之南禅,修行的是本心,不执着于外在之物境，不妄念于世俗之尘劳。广南笔墨简省，线条柔和，少用皴擦，颜色清淡，却活泼自在，开朗澄澈，他的心性是与水月山风通寂的。色空一如的画面上，流露出妙不可言的欢喜。

观广南之作，不由想到王维。王维是以禅入诗、以禅入画的大师，诗中有画，画中有诗。中国山水画，王维开了一代风气，董其昌以禅宗南北之分而譬喻王维的水墨山水为南宗之祖。今天我们已不见王维真迹，但从其诗中可以领悟那种动静不二、刹那永恒的山水之美、禅思之真。从文献中，我们也可窥探王维追光蹑影的技艺，他用勾皴、渲染之法，让水墨焕然生彩，让山水映照于心。广南的山水作品取法高古，与宋元之后文人山水过于外露的抒情、过于夸张的技巧截然不同。他继承的是南宗的精神，追求的是内在的自足。

广南作画有笔有墨，重在写意却一丝不苟，工整细腻，于平淡中见清奇。这与禅宗所要求的持戒精严是相符的。凝神专注之中，就会极其谦卑，抛弃烦杂，心法双忘。反之，信笔涂鸦，看似浪漫，实则浮躁，留下的只是乱象、病笔。南禅虽不主张坐禅入定，虚凝守心，而主张"念念不住"，不避现实，但是以无住为本的"念念不住"却是难得的超脱，不为执念所束缚。广南就是在体察精微中包容浩瀚，他放弃了所谓"聪明气""才子气",以深切细致的描摹刻画来收敛执念、消融妄想,安放玲珑生命。

人类文明自农业社会进入工业化阶段后,世人苦于生命等同僵硬机械。进入信息化阶段后,又苦于生命堕入无形之网。于是,契合自然、退隐山水成为一种治愈身心、找回生命的愿望。其实没有几人能够放下功利欲望,没有几人真正做到虚以待物。吴山明先生称李广南的作品"在'抱朴含真'相去已远的时代,构造着个性化的'精神家园'与'独守'着一个心灵的自由天地",正是寄意于此。高扬自我性情,不迎人,不失真,就不会有任何屈辱愤懑、困厄烦恼。在这个溽暑盛夏,吾观广南之画,虽处红尘之中,倍感清冽安静,爱记数语,以慰浮生。

(《李广南禅艺水墨》,广西美术出版社2016年5月第1版)

在山水之间安放灵魂
——兼论岑其的山水画创作

一、中国古代山水画与文人思想

中国画里的山水,不唯独将山水视为风景。自魏晋至隋唐,山水画开始成为独立的门类,并确立了在中国画中的重要地位。郑午昌在《中国画学全史》中将中国画的历史分作实用、礼教、宗教、文学化四个时期,山水画则产生于文学化时期。所谓文学化,就是绘者借山水抒发性灵。南朝宗炳的《画山水序》开篇就说:"圣人含道映物,贤者澄怀味像。至于山水,质有而趣灵。"山水之趣灵,与人的精神相对话、感通。又说:"夫以应目会心为理者,类之成巧,则目亦同应,心亦俱会。应会感神,神超理得,虽复虚求幽岩,何以加焉?又,神本亡端,栖形感类,理入影迹。诚能妙写,亦诚尽矣。"宗炳这里所说的山水,既有应目之自然的山水,又有会心之精神的山水,还有妙写之艺术的山水。待到绘成作品，则大为感叹："圣贤映于绝代，万趣融其神思。余复何为哉？畅神而已。神之所畅，孰有先焉？"所谓"畅神而已"，即得山水之乐、仁智之乐，是形而上的乐趣，与"道""理"相通。可以说，宗炳此论将中国画里的"山水"与中国哲学里的"道"极为一致地贯通了。

其实，两晋的山水赋、山水诗里已经出现了投抱山水、悦目欣心的审美思想。譬如，左思的《招隐诗》里抒发了"何必丝与竹，山水有清音"的感受，在山水里聆听天籁便是陶冶性情；王羲之在《兰亭集序》中写出了"游目骋怀，足以极视听之娱"的乐趣，寄情于崇山峻岭、茂林修竹、清流激湍之间，仰观宇宙，俯察品类，看透死生之虚诞；孙绰在《游天台山赋》中，发现了"夫其峻极之状、嘉祥之美，穷山海之瑰富，尽人神之壮丽矣"的境界，"悟遣有之不尽，觉涉无之有间。泯色空以合迹，忽即有而得玄"，表达了有无一如、色空皆泯的玄学思想，"浑万象以冥观，兀同体于自然"。宗白华在《美学散步》中称赞他们"将玄远幽深的哲学意味渗透在当时人的美感和自然欣赏中"。这是文人追求自由独立的思想之体现，也是道家、佛家思想进入文人笔下之体现，并被赋予了优雅的审美形式。尤其是老庄"道法自然""无为"

的思想，对于魏晋时期的文人影响甚大。徐复观曾说过，中国纯艺术的精神系由道家思想所导出。及至谢灵运的山水诗，"情必极貌以写物，辞必穷力而追新"，注重描摹声色，更加具有画意。这些文人的山水观，潜移默化地影响了中国的山水画创作及画论。

王世襄《中国画论研究》指出，"南北朝后，画家之思想，渐有改变，礼教思想已是历史之陈迹，绘画中心，渐为文人思想所攫有"。他说，唐代张爱宾的《历代名画记》，即显其例也。《历代名画记》继承了南齐谢赫所创六法之观念，其中，亦以"气韵生动"最为重要，并以"自然"为上。彦远论曰："自然者为上品之上，神者为上品之中，妙者为上品之下，精者为中品之上，谨而细者为中品之中，余今立此五等，以包六法，以贯众妙。"所谓自然者，就是"穷极造化""合造化之功"，臻于化境。

唐代王维的山水诗、山水画均有禅意，坡公《书摩诘〈蓝田烟雨图〉》赞曰："味摩诘之诗，诗中有画；观摩诘之画，画中有诗。"传"意在笔先""水墨为上"为王维《山水论》《山水诀》的核心观点。不论《山水论》《山水诀》是否伪托，然而，这两句话是典型的文人画论。尤其是后者，"夫画道之中，水墨最为上，肇自然之性，成造化之功"，清晰地概括了水墨语言与自然、造化的关系，在青绿山水流行的唐代，有此体悟实在不俗。墨分五色，张彦远《历代名画记》亦有高论："夫阴阳陶蒸，万象错布，玄化亡言，神功独运。草木敷荣，不待丹碌之采；云雪飘扬，不待铅粉而白；山不待空青而翠；凤不待五色而綷。是故运墨而五色具，谓之得意。意在五色，则物象乖矣。"王维为南宗山水的创始者，五代的荆浩则被誉为北派山水的先师，他同样认识到了水墨语言的精神性，在《笔记法》中，他将"气""韵""思""景""笔""墨"称为画之六要，"墨者，高低晕淡，品物浅深，文采自然，似非因笔"。笔墨关系犹如骨肉关系，他批评"吴道子画山水有笔而无墨，项容有墨而无笔"，"吾当采二子之所长，成一家之体"。笔墨相济，变化无穷。特别是老子有言："玄之又玄，众妙之门。"玄即"道"，墨是最接近玄色的，也是最接近"道"、最接近自然之性的，具有素朴之美。

随着士人南迁，南方的山水不仅进入文学作品，也进入了水墨画卷。五代南唐时的董源，在江南的真山真水之间汲取灵气，细细描摹，创造出有笔有墨的披麻皴法，生动地表现出山形山势，又创造出湿笔点苔法来画树石，苍茫宁静，打开了山水画的新格局。五代师承董源的僧人画家巨然，亦是一代宗师，后人多以"董巨"而并称，北宋沈括有赞："江南董源僧巨然，淡墨轻岚为一体。"后世文人画山水莫不推崇董源、巨然，其山林深蔚、烟水微茫、天地寥廓、境界玄远的画面，蕴含了隐逸安然、崇尚自然的情怀与意趣。

宋代，中国山水画臻于成熟，达到高峰，山水画成为最重要的画种。李成、范宽、郭熙、许道宁、米芾、李唐、马远、夏圭……大师频出，灿若星辰。陈寅恪曾谓："华夏民族之文化，历数千载之演进，造极于赵宋之世。"宋代是儒释道大融合的时期，文人地位居高，据德依仁之余，游心兹艺，富有情趣。宋人吴自牧在《梦粱录》中写到了艺术化的生活风尚，"烧香点茶，挂画插花"，挂画自然少不了山水画。山水画不是一件外在的家居装饰，而是一个寄托内在抱负的精神空间；不是拘束于一时一景的瞬间迷恋，而是真实而可游可居的长久归宿。苏轼对笔墨趣味多有倡导："诗画本一律，天工与清新"，"古来画师非俗士，妙想实与诗同出"，"诗不能尽，溢而为书，变而为画，皆诗之余"。坡公将诗书画并列，主张绘画不拘形似，意在象外，他的观念影响广泛而深远，引导了很多文人参与绘事，如黄山谷、米芾、李公麟等。文人画逐渐兴起。宋代不仅画家辈出，而且论画谈理方面的著述宏丰，形成了成熟的美学思想，"宋画惟理"，理就是节制而精深。两宋的山水画，创造甚多，风格有异，黄宾虹说："北宋画多浓墨，如行夜山，以沉着浑厚为宗，不事纤巧，自成大家。"而南宋画则更为精巧细腻，但是，两宋画都无比尊重文人，注重诗意，尚重气韵。王世襄在《中国画论研究》中总结为"无不以文人思想为归"。

山水画家与佛、道关系紧密，自魏晋南北朝至宋元，莫不如是。元代道教思想盛行，元四家均自称道士：王蒙，别号"黄鹤山樵"，山水画作郁然深秀，生动浑朴；黄公望，别号"大痴道人"，笔下境界简远清逸，滋润清奇；倪瓒，别号"萧闲仙卿"，画风则萧疏空旷，逸笔草草；吴镇，别号"梅花道人"，以水墨淋漓，幽旷寂寥为面目。元代文人画成为画坛主流，山水里寄寓的多是出世、归隐之心，追求天真淡泊、清逸无尘。

明清时期，商品经济萌发，市民阶层兴起，而文人趣味逐渐衰弱，山水画亦难再现高峰。吴门四家（沈周、文徵明、唐寅、仇英）继承了文人画的衣钵，讲究笔墨的抒情性，为中国古代山水画的余晖。其后，吴门画派日渐流俗，疏离文人趣味，当然，也与那个时代商人主导了社会风气有关。

二、从整体的山水到抽象的山水

北宋之前，中国山水画基本上都是全景式、整体性地描绘自然。画家以写真山水而抒怀，山长水远，天高地厚，天地之间可入画的山水数不胜数。郭熙有言，"山水先理会大山"，"山大于木，木大于人"，在山水的布置中，人渺小如芥子。这就是古人的生命观和宇宙观。在道家思想里，自然的境界就是"道"的境界，自然界的山水体现了"道"的朴素、虚静、无为、玄妙。当代山水画大家黄宾虹说："老子言'道法自然'，庄子谓'技进乎道'，学画者不可不读老庄之书，论画者不可不见古今名画。"老庄哲学深刻影响了中国山水画的发展。儒家思想同样从自然中获得了启示。《礼记·中庸》云："肫肫其仁，渊渊其渊，浩浩其天。苟不固聪明圣知达天德者，其孰能知之？"中国儒家文化也是形而上的，大道就在天地化育之中，合于造化就是上达天德。中国画里的山水，山分远近，水分源流，路有出入，境有夷险，气象万千，体现了一种道为本体的哲学。一是万有的道体，"道生一，一生二，二生三，三生万物"，所以，是一种整体论的哲学。虽然黄老、孔孟对于"道"的诠释不同，但是，都强调"道"是本体、本原。

如果说南宋画家马远、夏圭多作"一角""半边"之景乃以小见大之妙构（后人所谓南宋偏安一隅之影射说，似有些牵强），那么，八大山人每每作残山剩水，真的是内心悲苦凄清的写照，"横涂竖抹千千幅，墨点无多泪点多"。世界在他的眼中，不过是枯枝败叶、荒岭寒江、丑石怪禽，他的大孤独是素纸上的大片空白，抱残守缺，独自高洁。局部的山水、写意色彩更浓的山水，反映出画家对于现实世界的关心，反映出画家内心世界的秩序，那是对某种不确定、不完整、不平衡的感喟与迷惑，那也是传统士大夫文化的衰败与沉没。山水画在明清时期则是暮气沉沉了。

20世纪以来，中国山水画面临着如何变革的问题，也出现了绘画语言让人耳目一新的大画家。黄宾虹笔墨厚重，层次丰富，积墨为胜；潘天寿骨力强劲，截取近景，铸型为奇；陆俨少随意浪漫，积小成大，布局为新。他们总体上继承了传统的文人画资源，虽然在笔墨、构图、设色等表现手法上多了一些新意，但是，在艺术思想上、审美哲学上，流淌的还是古人的血液。吴冠中呼吁同道摆脱古人的束缚，甚至极端地喊出"笔墨等于零"的口号，可惜他自己的创作只是类似于"轻音乐"，形式上有点唯美，却缺乏更丰富的思想内涵。从"搜尽奇峰打草稿""外师造化"到"笔墨当随时代""我手写我心"，其间的探索殊为不易。中国画如何借古开今，如何融合中西，一直是个大课题，值得不断探索。

吸收了更多西洋美术养分的赵无极，探索了另外的路子。赵无极既借鉴了西方抽象艺术的元素，又融合了中国传统艺术的神韵,他曾自述:"人们都服从于一种传统,我却服从于两种传统。"单就中国山水画的传统而言,他发现了散点布局的巧妙,发现了写意忘形的神韵,发现了象外有象的玄奥。他笔下的山水,不可辨识其具象,只有变化莫测、动静相生的符号,时而细致、时而狂野的笔触,繁而不乱、对比强烈的色彩。一方面,合乎中国道家的精神,"惚兮恍兮,其中有象;恍兮惚兮,其中有物",有着混沌初开的大美;另一方面,又对喧哗与骚动之后失去中心、分崩离析的西方现代社会给予了精神慰藉,在不和谐中奏出和谐之声。赵无极找到了自己的绘画语言,也找到了自己的生命空间,或者说,把生命融入了绘画语言构筑的空间。他感到欣慰的是,"新空间已为己有,在那空间里,自己能够自由呼吸,来往自如"。

海德格尔在《艺术与空间》一文中指出:"使空提供开敞自由的东西,给人的定居和寓居提供开放之地""使空乃是放手给出位置"。虽然他说明该文只是讨论雕塑艺术,但是他于雕塑给出的定义,即"雕塑是:存在的真理在其奠立位置的作品内的体现",可以启发我们对中国画之空间的认识。在今天,如何通过新的山水画,敞开一个自由的空间,安放我们的灵魂?尤其是社会越来越原子化,信息越来越碎片化,真相越来越让位于情绪,科技越来越挑战于心智,我们如何让真理不受遮蔽？一幅山水画卷，如何让万事万物各得其位？也许我们需要的不是一个虚幻的掩体，而是一个真切的家园。明代末年，李流芳记载了自己的体会，他可以将画本视作真山水，亦可以将真山水视作画本，那么，今天的我们可以在一幅怎样的山水画本前，心有所归，神与物合呢？难道是简单的拟古、复古吗？无疑，对于山水画的创新、发展而言，这是一个不得不回答的问题。

三、中国山水诗里的诗意

中国山水诗的渊源可上溯到《诗经》、楚辞，但成形于魏晋时期。刘勰《文心雕龙》曰："庄老告退，而山水方滋。""庄老告退"指的是代表庄老出世哲学的游仙诗不再流行，"山水方滋"则说明文人们躲避现实而隐居山林，且由此发现大自然之灵妙，于是，门阀望族中人也纷纷登临山水，游乐尽兴，成一时之风。王羲之、谢安、孙绰等贵族诗人皆有山水之作，骋怀驰目，欢娱风流，并无什么遁隐之意耳。而谢灵运的出现，让山水诗获得了独立的艺术生命。谢灵运的诗大多数是写山水的，以对山水的描摹、审美为主，"山水含清晖"，从季节、光影、声音、色彩、植物、动物等各个方面，描绘大自然的变化和自己在大自然中的不同感受。虽然他的山水诗里也生发一些离群索居、超尘脱俗之议论,但是,以写景状物为主,借景生情,情景交融,以山水为知音。白居易《读谢灵运诗》对谢灵运的评价恰如其分:"谢公才廓落,与世不相遇。壮志郁不用,须有所泄处。泄为山水诗,逸韵谐奇趣。"谢灵运借山水宣泄自己郁闷孤傲之情,在山水里纵情释怀,是一个不折不扣的浪漫主义者。

灵运之后,有鲍照、颜延之、谢朓(文学史上称"小谢")等,严羽《沧浪诗话》云:"颜不如鲍,鲍不如谢。"认为谢灵运是最好的山水诗人。魏晋之后,山水诗逐渐冷落,到了唐代,王维、孟浩然等亦为写山水自然的大诗人,但他们的诗歌源头,除了谢灵运,还有被称为田园诗之宗主的陶渊明。谢灵运的诗歌里有淡淡的黄老痕迹,王维的诗歌里则有鲜明的禅宗色彩,而孟浩然的诗歌,非但有道家的隐逸、禅理的空寂,还有儒家的忧患(如"我年已强仕,无禄尚忧农")。

中国山水诗的山水诗意有哪些内涵呢?如上所述,既有欣赏山水之美的纯粹情感,又融合了儒释道思想;既有隐秘的个人体验,又有共同的文化基因;既有黑暗时局下的隐逸与孤高,又有躲进山林里的享乐与消极;既有心与物齐、天地永恒的旷达智慧,又有人生易逝、光阴倏忽的无名悲伤;既有道法自然的终极哲学,又有山水知音的自恋情结。总体而言，非常复杂，而毕竟以山水为真、为善、为美，山水是不容亵渎的诗意现实，是接通生命的大道，而不是物化的风景，不是外在的地理。山水是可以对话的，眼前的敬亭山可以"相看两不厌"，心中也可以有万千丘壑，梦里也可以有高山流水，这是中国山水诗里的山水诗意，也是中国画的山水诗意。诗歌、绘画里的山水，就是真山水，就是真空间，就是真生命。

中国山水画受到中国山水诗的影响，二者不仅具有共同的哲学理念，而且在艺术语言上也是有共通性的。譬如，如何处理体要与精微的关系？如何处理绮丽与清奇的关系？如何处理朴拙与巧妙的关系？这些都自有标准。再譬如，如何观物？如何换景？如何布局？如何想象？诗与画亦互相启示，在接受与理解上也不会产生差异。中国山水诗、中国山水画均为古典而风雅的中国审美价值做出了贡献。

四、岑其的山水画创作评价

岑其，慈溪人，1968年生，七岁开始习画，创作山水画已有三十多年。他临摹了大量古画，尤以宋元时期的名家为多，前溯五代的董源、巨然、荆浩、关仝，后有明代的董其昌和清代的"四王"（王时敏、王鉴、王原祁、王翚）。从师古方面来说，岑其下过很大功夫，极其勤奋，且天资聪敏，学一家像一家，能够融会贯通。近现代画家，岑其亦多有涉及。他跟吴湖帆学色彩，跟黄宾虹学积墨，跟张大千学线条，博采众长，兼收并蓄。最主要的是，他始终追求高古之气，力求剔除积习，戒除浮躁。

他还写了很多记录学画心路历程的诗作，其中屡屡表达对古人的敬意，对传统的理解。兹抄录数首如下：

寂寞画堂四十载，宋元名迹怅难攀。片片纸纸十万件，不见董关誓不还。深入堂奥血汗间，老笔吐尽总凄然。平生名利不贪求，笔墨身后一千年。——《仿宋人山水偶成》

又师董巨又荆关，南北缕析自家看。不为法拘源有法，各尽其妙如我愿。——《摹宋人山水画有感》

古木蟠根已忘年，半天悬泉带冷烟。平生结梦宋元魂，坐对自觉画中仙。——《题〈仿宋人林泉高致图〉》

学画是一件非常艰苦寂寞的事，岑其遍学古人，心追手摹，在功夫上磨，在意念上磨，终于能够凝神静气。他从宋画中汲取了苍凉、悠远、清虚的气象，这种孜孜以求的长期练习，这种穿越千年的精神对话，让他感到如在梦中，一点一点清洗自己在俗世喧嚣中的杂念，进入一个寂静的世界，打通时空壁垒。岑其视之为命运的安排，自谓"这是一条对我来说无尽美、无尽法、无尽意、无尽深、无尽乐、无尽头的寻找之路，我一直在路上"。在一条回溯古人的长河里，他借一支支画笔为舟楫，渡自己，观自在。

岑其作画量大得惊人，且喜作大幅而罕作小轴，喜作天高地阔的整体山水，常常连作数个时辰，到夜深人静时尤其停不下笔，常常"不知东方之既白"。他不光勤奋，亦耐得住，有定力，如杜甫在《戏题王宰画山水图歌》所言，"十日画一水，五日画一石，能事不受相促迫，王宰始肯留真迹"，肯钻研思考，不轻率为之。山水不是客观的画面，即便临摹古画也不是止于形态的逼真，而在于内涵情调上的沟通；不止于形式上的玩味赏鉴，而在于气质上的领悟呼应。不能清理杂念的人是不能处理好画面的，不知道在何处安放灵魂，又怎能让一水一石、一草一木各归其位？岑其在花鸟（为陆抑非弟子）和人物方面（画佛像居多），也下功夫甚勤，这就更加丰富了笔墨语言，丰富了内容题材，驾驭起大画面来也更加从容。除了出入传统，岑其还遍览山水，尤其是家乡浙江的富春、四明、天台、雁荡，"第二故乡"江西的匡庐、井冈、赣南、婺源，阴晴雨雪，晨昏寒暑，身入其中而反复凝视。他根据写生而创作的作品，得到了清丽、贞秀的南方山水的滋养，线条柔和，水墨华滋，满纸烟云，气韵流动，一片生机。此外，岑其喜欢读书、写诗、作文，喜欢与各方高人往来交流，这些都有助于完善艺术修养，延续中国画的文人精神。

人心不古，山水有道。在这个充满欲望之焦虑的转型时代，岑其的山水画以其古雅、淡泊获得了诸多认同，可以抚慰那些如陷围城的奔突者、不知始终的流浪者、惶恐迷惑的逃离者、鸵鸟心态的躲避者。当代山水画家中，这样忠实于传统、醉心于古道的人越来越少。很多人汲汲营营，坐不得冷板凳，所以下笔草率，线条芜杂，粗鄙俗气，怪异浅陋，不堪入目，还自以为是"领异标新"。没有继承，何以创新？未经寂寞，何以入心？因此，岑其这样雅正、干净的画风，反倒成了稀缺资源。

但是，我们不可能回到古代。每一个时代有每一个时代的精神气象。面对变化急遽、发展飞速的新时代，山水画如何拓展自己的主题和题材，如何创新自己的语言和形式？陆俨少说过："我们不能在山水画中做假古董，泥古不化，做古人的奴隶。应当学习历史的伟大画家，把他们的创新精神拿过来，自创新法，和时代精神共脉搏、同呼吸。"诚哉斯言！信哉斯言！历史上也有镜鉴:清"四王"崇古、学古、拟古,成就亦不俗,但最终,变古、出古、化古不够,因此遭到诟病。创新的出路,在于陆俨少所说的"和时代精神共脉搏、同呼吸",这显然需要创新性发掘和创造性转化更多的文化资源、思想资源,需要见证时代、反映时代、引领时代,而不仅仅是笔墨问题了。

当然,岑其也许规划了更长的艺术道路,他还在迎接"衰年变法"的到来,还在继续做积累功力的准备,还在其所自述的"寻找之路"中途。与岑其谈及赵无极时,他认识到自己所处的语境与赵无极是不同的,而且赵无极一生之中也经历了几次艺术变革,这与个人历程、与时代风云均有密切关系。岑其认为,他需要吸纳的不仅是中国古代的文人思想和审美观念,还需要思考与当下时代的关联,把握时代精神。在心象的发现方面,如何看见更多之前所未见的,如何理解抽象亦是实象、有形亦是无形?在探索现代性问题与吸纳传统文化资源方面,如何进行反思、对比、参照、融合?在排除内心扰乱之后,如何表现积极劲健的精神,而不是隐避于世外桃源?这需要更高深的修为,接通源流而别开生面。星云法师曾为岑其题词:"天命正道,今人古心。"这是对岑其的开示,是岑其今后探索山水画要坚持的方向。守正而出新,让自己的生命证悟到自由的诗性、永恒的神韵,那就不枉这一番努力。

第四辑

名物与教育
——从《云中的风铃：宁波野鸟传奇》谈开去

《云中的风铃：宁波野鸟传奇》是张海华在宁波出版社出版的一本科普读物，讲述了三百多种宁波本土野鸟的故事，也讲述了作者观察野鸟、拍摄野鸟、了解野鸟乃至研究野鸟的故事。

说是"研究"并不为过。一方面，张海华已经像鸟类学家那样在宁波本土进行鸟类资源的考察，观察并记录鸟类的形态、行为及其迁徙、分布情况，列出详细的分类名录。十二年坚持下来，他为浙江增添了五个鸟类新纪录，包括：国家一级保护动物遗鸥、"全球性易危"珍稀鸟种短尾鸦雀和斑背大尾莺、渔鸥及阔嘴鹬。另一方面，张海华在中山大学和复旦大学接受过中国古代哲学和中国古典美学教育，写起野鸟故事来，他的笔下就有很多思考，他联系到包括《诗经》

在内的中国古诗文有关某一种类野鸟的记载、希腊神话及西方文学有关某一种类野鸟的记载,与自己近距离接触到的这些生灵进行"文本对话"。他有中国古代读书人"辨名物""明物理"的一些意思,又有现代博物学者认识自然、爱护生态的一些意思,总之,是一个有意思的"鸟人"。

中国古代读书人为什么关注名物?在儒家文化里,考证名物是为了辨明物理。孔子说,学习《诗经》可以"多识于草木鸟兽虫鱼之名"。又说:"名不正则言不顺。"正名,是为了探究物之本质、本性。汉儒董仲舒认为:"《春秋》别物之理以正其名,名物必各因其真。真其义也,真其情也,乃以为名。"一个"真"字,说明了正名的意义。清代戴震把孔子"多识于草木鸟兽虫鱼之名"这句话理解为"不知鸟兽虫鱼草木之状类名号,则比兴之意乖",因为不懂名物制度则不通经意,《诗经》里所抒发的情感来自对具体实事实物的观照,不知鸟兽虫鱼草木之名是不能理解其中的比兴意义的。

比兴抒情,感于物也。刘勰《文心雕龙》云:"岁有其物,物有其容;情以物迁,辞以情发","物色相召"即回应"春秋代序,物色之动"。台湾学者郑毓瑜著有《引譬连类:文学研究的关键词》,其中一个研究视角是将"一个可以辨认的'物体系'"作为"另一个反思传统诗歌的基本关键","讨论'物'如何在古典诗中形成可辨认与召唤共感作用的关联性或相似性。简言之，就是关联性的'物'如何或以什么方式参与了诗歌中兴感、抒情的作用"。王德威先生对此表示肯定，认为郑毓瑜的研究在陈世骧先生所提出的中国文学"抒情传统"的脉络之中。王夫之在《诗广传》中就说过："君子之心，有与天地同情者，有与禽鱼草木同情者，有与女子小人同情者，有与道同情者，唯君子悉知之。"物色相召，情有其源，同情共感，君子之心也。我曾与张海华讨论过《诗经》中的一些名物，深受启发，他在这本书中也有所记录，譬如《鹡鸰在原兄弟情》写出了他与航航的独家"发现"：白鹡鸰的叫声就是"急令急令"，鹡鸰之名，乃象声词。这下，理解"脊令在原，兄弟急难。每有良朋，况也永叹"之句，便可会意通情。如果不识鹡鸰，不闻其声，是难以有这样的理解的。

当然，抒情传统实乃诗教传统。儒家对《诗经》中的名物进行考证，更多的是通过训诂而"致化惟一"。三国吴人陆玑《毛诗草木鸟兽虫鱼疏》、宋人蔡卞《毛诗名物解》即为其中代表。如上所述，戴震亦是严格遵从了经学传统，在训诂方面着力，考名物度数以通经意，正天理人情以阐经义。

所以，蒙学课本如《三字经》《名物蒙求》等均将名物常识作为重要内容。日本亦继承了儒家文化传统，细井徇撰写的《诗经名物图解》于1847年出版，分草、木、鸟、兽、鱼、虫六部，还收录了与画工共同完成的绘图，"加以着色，辨之名相，令童蒙易辨识焉"。辨名物与识字同等重要，是古代经学启蒙教育的基础。

辨名物的目的，是在名物中求义理，提高读书人的修养。《传习录》里这段对话颇可回味：

> 问："名物度数，亦须先讲求否？"
> 先生曰："人只要成就自家心体，则用在其中。如养得心体，果有未发之中，自然有发而中节之和，自然无施不可。苟无是心，虽预先讲得世上许多名物度数，与己原不相干，只是装缀临时，自行不去。亦不是将名物度数全然不理，只要'知所先后，则近道'。"

王阳明认为修养心体乃是根本，如果把名物度数当作知识，还只是装缀临时。学习名物度数只是修养心体的手段（而不是让知识遮蔽了心体），其学习必要性在于《大学》所言"物有本末，事有终始。知所先后，则近道矣"。

明末清初的陆世仪提倡经世济用的实学，反对阳明心学，他认为"致良知虽是直截，终不赅括，不如穷理稳当""有必待学而知者,名物度数是也"。陆世仪既是将名物度数作为实用知识来学习,又是把学习名物度数作为穷理的稳当路径,有唯物思想。而在戴震看来,读经穷理,把握儒家原道,应从文字、名物制度的考订开始,否则就是歪曲本义,谬误千里,浑然不知失道。"治经先考字义,次通文理,志存闻道,必空所依傍。汉儒训故有师承,亦有时傅会。晋人傅会凿空益多。宋人则恃胸臆为断,故其袭取者多谬,而不谬者在其所弃。我辈读书,原非与后儒竞立说,宜平心体会经文,有一字非其解,则于所言之意必差,而道从此失。"戴震批评前人,是在方法论上进行矫正,清人的小学成就亦得之于此方法论。清人重考据、训诂,虽然学问越做越死板,思想越来越保守,但是重实证的治学方法还是有可取之处。梁启超在《要籍解题及其读法》中说,作为与孟子并列的儒家大师,荀子是重视实证的,"'礼'之表现,在其名物度数。荀子既尊礼学,故常教人对于心、物两界之现象,为极严正极绵密之客观的考察。其结果与近世所谓科学精神颇相近"。

梁启超所谓"近世科学精神",既包括重实证,亦包括重逻辑。正是由于西学东渐,先进的学科范式随着西方学术思想一起进入中国,导致了经学的迅速衰微,新学取代了旧学。而科学精神所要求的对名物的学习,就是对客观世界的认识和改造，更加强调人的实践性、能动性。西方科学体系中所包含的博物学传统，是和数理传统同样重要的研究范式，博物学是对大自然（名物）的观察与分类，是对人与大自然如何相处的理性思考，对生命及其多样性的切身理解与人文关怀。

在这本书的自序里，张海华说到一个现象："近年来，我注意到，很多孩子看上去'无所不知'，可以滔滔不绝地谈论遥远地方的奇风异俗，却根本不关注身边的一草一木、一虫一鸟，仿佛它们从未存在过。你问一个小孩：食物是从哪里来的？他说，在超市里啊，在便利店里啊。他不知道庄稼是从土地里长出来的。这跟我小时候的经验刚好相反。"女儿张可航从小就被张海华带着去野外观察自然，而不是上补习班，甚至为了看日环食而被父母带着"逃学"。因为他认为，"对现在的孩子来说，了解不能替代体验"。体验，就是主动的实践，合乎科学精神和现代文明。

虽然中西方对名物的认识各有不同的世界观和方法论，即使是中国的儒家文化传统中，对名物的认识也存在多元观念，但是，名物与教育的关系始终非常密切。尤其是当很多孩子成为"无所不知"的知识存储器，却远离大自然、远离身边的生命之时，我们的教育已经异化为生产工具了，这些孩子已经受到了教育的戕害，远离本性了。如果我们的教育连古人辨事识物的识见都不如,把孩子们关在房子里刷题、背答案,两耳不闻窗外事,真的就是鼠目寸光、不识时务。在计算机和互联网技术飞速发展的趋势下,记忆并不是什么特殊能力,知识本身也并没有特殊价值,只有学会体验这个世界、理解这个世界,才能发现和创造生命的意义。

海华果断地让女儿航航离开应试教育环境,带着航航一起走进大自然,也走进了自己的内心世界。书中,航航绘制了生动的野鸟插图;生活中,航航和海华一起,多次参加博物方面的科考、论坛、演讲活动。对大自然的体验,让张海华和航航"感受自然之美,并在此基础上真正做到了解乡土,关注并保护生态环境"。我想,海华的观鸟,不只是一个博物爱好者的兴趣活动,更是一种学习和自我教育的刻苦行为,体现了苦中有乐、苦中得乐、化苦为乐的人生态度,体现了关注人与自然、人与生态的社会责任。十二年坚持下来,并非易事,在观鸟、拍鸟过程中,海华多次遇到困难和危险,有一次差点遭遇海潮上涨的"没顶之灾"。所以,这是一本心血之作。更为重要的是,对航航来说,海华用行动回答了鲁迅所提出的"我们现在怎样做父亲"的问题,即如鲁迅所指出,对于孩子,父母"决不能用同一模型,无理嵌定","应该健全的产生,尽力的教育,完全的解放"。让孩子在大自然中焕发天性,怜爱生命,进而能够通过科普工作关注环保,这实在是非常明智的,海华是航航的榜样,更是航航的同伴。

啰里啰嗦写了这么多,我还没有写到《云中的风铃:宁波野鸟传奇》这本书的特色内容和新颖形式。请读者朋友自己打开这本书吧,自然会有收获的。在后记中,海华提到,当初我邀请他在《宁波晚报》上开专栏,促成了这本书的写作,因为我当初就鼓励他"大人小孩都会喜欢看的"。如今,认真读了这本书后,我相信,这本书是"大人小孩都应该看的"——不关心自然家园,又何以建设精神家园呢?我们的教育实在是应该知名物、爱自然,应该在空中去追寻自由的翅膀,在云中去聆听轻快的风铃。

(《云中的风铃:宁波野鸟传奇》,张海华著,张可航绘图,宁波出版社 2017 年 11 月第 1 版)

顺命·顺时·顺生
——《中国年轮：从立春到大寒》里书写的智慧

三耳秀才（韩光智）自述："大约在2009年的冬季，我开始了有比较明确意识的节气写作。"他相继完成了《跟着太阳走一年》《跟着节气小步走》《中国年轮：从立春到大寒》三本书的写作。和前两本书不同，《中国年轮：从立春到大寒》是写给成年人看的。在后记中，三耳秀才介绍，他不仅是"就物候说节气""就农事说节气""从天文角度解读节气""从文学角度解读节气"，而且是"站在最高处，把节运气"，从节气文化中感知中国人的生存智慧。他将"把节运气"视为中国人的生存智慧。"把节"是宁波话里的词汇，是把握时机、节奏的意思；"运气"则是三耳秀才自己定义的，大概是"奉天承运"、知天命而成人事的意思。在《大寒》一章结尾，三耳秀才写道："节气系列中，节、气皆是一个个时间点，不过,在人们的头脑中,节气却是一个过程,立春是一个过程,以至于大寒,哪个节气都是。当我们认识到节气是一个过程时,我们这才算寻到'道法自然'的方便之门。"将节气认识为一个过程,就是以人为本的,人运是一个过程,一个可以自我认识、自我改变的过程,而不是完全宿命的。"道法自然"的智慧,应该是顺应天命、顺应天时、顺应生命。我写这篇书评,想围绕这一个点,谈谈自己肤浅的体会。

为什么要谈这一个点呢?其实就是谈天与人的关系。中国儒家文化离不开"天人合一"这四个字。当然,不同的思想者对这四个字的理解不同。《礼记·中庸》篇首即曰:"天命之谓性,率性之谓道,修道之谓教。"人性的自由在于顺天命(率性)、行天道(修道),天命是绝对的自由意志。"道也者,不可须臾离也。"背离天命就是非道,与本性相冲突。孔子是敬畏天命的,"君子有三畏,畏天命,畏大人,畏圣人之言",但是,孔子也敢于与天对话,贯通天人,而不是像老子那样消极(《道德经》云:"天地不仁,以万物为刍狗。"老子认为天地运行不以人的意志为转移,人与万物是平等的,天地是客观、本然的,人应该无为、无用。并且,老子认为"自然"在"道"之上,"道"在"天"之上,"人法地,地法天,天法道,道法自然",人必须遵守自然法则,处下而不争。)。

孔子认为，"人能弘道，非道弘人"，他强调了人性的道德信仰，强调了人的积极性和能动性，这是非常了不起的。孟子继承和发扬了孔子学说，他说："尽其心者，知其性也；知其性，则知天矣。"从人道可以上达天道（"知天"）。孟子"天时不如地利，地利不如人和"的思想，表明他更重视人事而非被动依赖天则。孟子说："诚者，天之道也；思诚者，人之道也。至诚而不动者，未之有也；不诚，未有能动者也。""诚"为"天道"，"思诚"为"人道"，"心之官则思""反身而诚"，"思诚"就是沟通天道和人道。荀子在《天论》中提出了"明于天人之分"的主张。他将天之常道、地之常数及君子之常体并列，突出了人的主体作用。"天行有常，不为尧存，不为桀亡。应之以治则吉，应之以乱则凶。""天有常道矣，地有常数矣，君子有常体矣。"有合必有分，有分亦有合，"天人之分"与"天人合一"是辩证关系，荀子提出"制天命而用之"，以天命为客体，强调人为的积极意义，这就体现了自然唯物主义思想和辩证思想。汉儒董仲舒在《春秋繁露·深察名号》中说："天人之际，合而为一，同而通理，动而相益，顺而相受，谓之道德。"他还提出了"天人感应"之说。董仲舒总体上将天道绝对化、神圣化，其意不在天而在人，目的是维护道德、人治的合理性。所谓王道，"王"字上面一横代表天,下面一横代表地,中间一横代表人,贯通天地人者为王,王道即德治、人本之道。

我之所以简要回顾"天人合一"思想的来由,是因为三耳秀才认为节气文化构成了中国儒家主流意识形态的重要内涵。此说无误也,上面一段便先谈了谈节气文化与顺应天命的渊源。从主流意识形态到民间习俗,节气的形成与发展规律是值得深究的,下面,再来谈谈节气文化与顺应天时的关系。我把节气理解为政治时间、农业时间和文化时间。

在《小满》一章中,三耳秀才写道:"大致说来,'节气'最初形成在春秋战国时代,到秦汉年间,二十四节气已完全确立。"他考证,"节气"观念的形成与小麦的"经济地位"提升有着密切关系(三耳秀才引《月令七十二候集解》而联系到"小满"时节小麦的颗粒小得盈满。亦有他说,如有人认为,此间黄河流域水体小得盈满。),或可解读为,农耕文明的发展与节气文化的形成密不可分,古人掌握了一定的自然规律,依天时地利而动,总结提炼出节气这一农业历法定制。秦汉以来,中国人按照二十四节气安排农业生产,安排日常生活,促进了农耕文明的发展与社会形态的发展,节气是民时,更是官时。就民时而言,农谚中有许多关于节气的内容,涉及天文、时令、地理、物候、气候等诸多方面。而我国地域广阔,南北有异,各地农谚对于同一个节气的说法都是"因地制宜"的。我小时候经常听到大人用农谚讲述耕种收割的日程,讲述日常生活的常识,讲述安身立命的道理。就官时来说,一方面民以食为天,另一方面国以农而立,国家被称为社稷。社为土神,稷为谷神,土神和谷神都是中华民族重要的原始崇拜,君王每年都要祭祀土神和谷神。据《周礼·考工记》,社稷坛设于王宫之右,宗庙设于王宫之左,祭社稷和祭宗庙都是国家大事。又据《周礼·地官司徒》,周时就设立了"司稼"一职负责农事。我们到北京可以看到明代永乐皇帝从南京迁都至此修建的天坛。祈年殿是皇帝带领群臣春祭的地方,祈求上天赐福,风调雨顺,五谷丰登。圜丘是冬至日大祭的场所,感恩天帝带来人寿年丰。天坛圜丘中心的天心石、皇穹宇殿前的三音石、皇穹宇的外围墙回音壁,都是为了人与天交流而设计的,利用声学原理,通过聆听回声来感受天人合一的有呼有应。

节气是政治时间、农业时间,也是文化时间。统治者要辨风正俗、化风成俗,如何形成共识、凝聚共识?用文化的力量进行沟通、化育、统合。也就是说,从主流意识形态到民间习俗,节气观念的深入人心,靠的是文化的力量。节气之"节",不仅是时间"节点",也是文化"节日"。皇帝除了将节气作为历法推行,还创造出节日,以仪式示范,用游乐吸引。所谓节日，既在日常生活的常行之中，又从日常生活中超越出来，给人以精神向往。立春、冬至之祭是官方感天动地的盛典，清明之祭是民间慎终追远的深情。其他节气，也多有节日性的习俗流行，如宁波地区立春咬春，立夏拄蛋，夏至吃面，冬至吃番薯汤果，都给人们带来节日的快乐。另外，市集庙会与祀神赛会相连，如鄞江桥它山庙会，每年有"三月三""六月六""十月十"三次。"三月三"庙会插秧在即，"六月六"庙会在早稻收获前，"十月十"庙会为晚稻收割期，群众赶集热闹非凡。虽然今天商品流通不再需要庙会这种形式了，但是它山庙会仍然沿袭下来，它成为当地人深沉的文化情感和悠久的历史记忆，成为当地人珍贵的民间习俗和坚韧的精神纽带。二十四节气是重要的非物质文化遗产，2006年，它被列入第一批国家级"非遗"名录，2011年和2014年，九华立春祭、班春劝农、石阡说春、三门祭冬、壮族霜降节、苗族赶秋、安仁赶分社等节日庆典又被列入该非遗项目的扩展名录。2016年，"二十四节气——中国人通过观察太阳周年运动而形成的时间知识体系及其实践"被联合国教科文组织列入人类"非遗"代表作名录。从文化的视角来说节气，是三耳秀才《跟着太阳走一年》《跟着节气小步走》《中国年轮：从立春到大寒》这三本书的一贯写法，他对中国历史上的神话、汉字、诗词、音乐、民俗等各类资源信手拈来,一个有趣的人写起文章来也有趣,且自诩为"不着意时最惬意,闲读诗书慢著文",自得其乐,又能够众乐乐,真是妙哉妙哉!

三耳秀才写节气著作的落脚点,是推广中国人顺应生命的智慧。在农耕时代远去的今天,现代人如何"把节运气"呢?他将节气概括为传统、习俗。在《秋分》一章中,他写道:"在传统面前,在习俗面前,我们正确的任务、正确的心态是:认清规律,顺势而为。换句话说,是在把握规律的前提下,更好地利用传统和习俗的价值。"他提出的建议是"谦卑生活"(《颂神曲》、《春分》篇、《立秋》篇、后记),要像古人一样保持"思时之敬"(《清明》篇),"追溯先人足迹和智慧",才"不会把日子过错了"(《小寒》篇)。

首先,是确立祭神如神在的文化信仰。本书的第一部分是《颂神曲》,三耳秀才赞颂了日神、月神、春神、夏神、秋神、冬神,饱含诚意激情,深怀恭敬谦卑,感叹天地大美,讴歌生命力量。陈来先生在《古代思想文化的世界:春秋时代的宗教、伦理与社会思想》一书中,认为从宗教祭祀向人文思潮渐进性转化是春秋时代在思想史上处于新旧交替的地位并对后世产生深远影响的重要价值所在,中国文化的人文理性由此而塑形。中国人所理解的天道,始终体现了天地之行与人事之变的辩证联系,始终体现了对宇宙秩序和人类命运的理性思考。伴随着神本思想的衰落与人本思想的高扬,中国人不断积累实践理性,建立道德价值和生存智慧。这个过程,是在历史进程中建立起来的,是在一个文化共同体中建立起来的。由此,可以深入理解三耳秀才所说的"节气是一个过程"。今天我们所理解的祭神如神在,并不是回到神秘和不可知,而是要仰望星空,建立内心的道德律,传承中国人的文化精神。

其次,三耳秀才在这本书里结合节气阐释了具体的哲学意义。在《小满》一章,他引用了《尚书》中"满招损,谦受益,时乃天道",《易经》中"天道亏盈而益谦"的警句,领悟到"做人要低调"。在《大暑》一章,他从观荷听蝉中得到审美愉悦,感受荷老"怜子"(莲子)之深情,蝉蜕轮回之欢歌,生命交接之美丽。在《处暑》一章,他以《说文》对"处"字之解释,联系到《周易》中"君子之道,或出或处"的系辞,探寻"止观"的智慧。在《立冬》一章,他从自然界的变化中,读到了老庄哲学"挫其锐,解其纷,和其光,同其尘"的意蕴,发现了"别开生面,大道至简"的真理。几乎每一章,三耳秀才都有意无意地借助哲学来观照人生,接受自然、生命、传统、习俗对现代人的启示。

三耳秀才在解读节气文化时,一再表达"顺应生命"的祈愿，是因为他相信生命不息。"跟着节气小步走，跟着太阳走一年，中国年轮年复年"，在"年复年"的循环轮回之中，天道行健，人道自强。"谦卑生活"恰恰是一种自强，孔子说："'谦，亨'，天道下济而光明，地道卑而上行。天道亏盈而益谦，地道变盈而流谦，鬼神害盈而福谦，人道恶盈而好谦。谦，尊而光，卑而不可逾，君子之终也。"我猜想，三耳秀才兄把这本新的写节气的书命名为《中国年轮：从立春到大寒》，应与此有关。君子之终，是达到顺应生命的境界，天人和谐，无往不利。

(《中国年轮：从立春到大寒》，三耳秀才著，宁波出版社2018年1月第1版)

妈祖文化是"海丝"申遗的宝贵资源
——祝贺《大爱妈祖：妈祖信仰在宁波》出版

2014年，在卡塔尔首都多哈举行的第38届世界遗产大会宣布，中国大运河和陆上丝绸之路双双入选世界遗产名录。

中国大运河由隋唐宋时期以洛阳为中心的隋唐大运河，元明清时期以北京、杭州为起始的京杭大运河，从宁波入海与海上丝绸之路相连的浙东运河三条河流组成。

以"陆上丝绸之路"申遗成功为基础，中国正推动"海上丝绸之路"申遗。"海上丝绸之路"是古代中国与外国交通贸易和文化交往的海上通道，是迄今所知最为古老的海上航线。宁波等九个城市联手加入了"海上丝绸之路"申遗行列。

宁波是中国大运河与"海上丝绸之路"的连接点。宁波地方文化学者邬向东认为，"海丝"文化与运河文化在宁波交汇，成为宁波城市文明的基本特征。如果"海丝"申遗成功，宁波就是拥有两个世界遗产的城市。

每天上下班经过三江口，经过庆安会馆，我都会为河海联运、港通天下的宁波感到自豪，为开明开放、包容通达的宁波文化感到自豪。宁波文化的内涵非常丰富，"海定则波宁"，与海紧密相关的妈祖文化是其中的特色部分之一。妈祖的神格为海神，对在惊涛骇浪中从不止息的海上往来作业的人们来说，妈祖神通广大，护佑平安，因此，信仰妈祖的善男信女非常多。庆安会馆及其南侧的安澜会馆保存较好，是祭祀妈祖的圣殿，是著名的海商会馆，也是浙东海事民俗博物馆。

庆安会馆，又名甬东天后宫。董沛《甬东天后宫碑铭》记载："吾郡旧有天后庙在东门之外，肇建于宋，今有司行礼之所。分祠在江东者三：一为闽人所建，一为南洋商舶所建，基址俱狭。惟此宫为北洋商舶所建，规模宏敞，视东门旧庙有其过之。"据宁波地方文化学者虞浩旭查考，东门天后庙（又名天妃宫）是宁波第一座天后庙，由福建商人建于南宋绍熙二年（1191年），原址在今江厦街与东渡路的三角地带，1949年9月国民党怕解放军解放舟山，轰炸灵桥，江厦街一带被夷为平地，天后庙不复存在。清康熙三十五年（1696年），与江厦街隔江相望的后塘街上始建福建会馆，供奉天后，由福建漳浦人蓝理在其定海总兵任内领衔兴建。惜已倾圮。

清道光六年（1826年），宁波南号舶商在江东建南号会馆（即安澜会馆），在北帮商号中引起巨大反响。清道光三十年（1850年），宁波北号舶商建北号会馆（即庆安会馆）。庆安会馆是宁波现存规模最大的天后宫，2001年被列为全国重点文物保护单位。

妈祖于北宋建隆元年（960年）诞生在福建莆田，雍熙四年（987年）羽化升天。妈祖信仰现今可查的最早文字记载，乃南宋绍兴二十年（1150年）莆田人廖鹏飞所撰《圣墩祖庙重建顺济庙记》。东门天后庙的妈祖神像从莆田湄洲祖庙分炉而来，可见宁波是妈祖信仰文化最早、最重要的传播地之一。更加值得重视的是，妈祖首次得到册封与宁波有关。据北宋徐兢撰写的《宣和奉使高丽图经》记载，给事中路允迪等人奉使高丽，返回时途经黄水洋突遇狂风巨浪，舵折船覆。路允迪等人求助于妈祖，五昼夜后抵达定海（今镇海）。事闻于朝，宋徽宗下诏封林默为"湄洲神女"，赐匾"顺济"于莆田圣墩庙。随着朝廷一再加封，妈祖从民间供奉上升为官方信仰，与孔子、关羽一样在国家祀典中享有尊位。随着褒封次数的一再增多，妈祖的神职一再增加，她从区域性的海神上升为全民族的保护神。

江厦街、东渡路一带是宁波妈祖文化的发源地，也是宁波海上丝绸之路的始发地。妈祖与海上丝绸之路有着不解之缘。自南宋在此处建天后庙,历元、明、清各代,宁波区域内妈祖信俗的传播甚广。据《大爱妈祖:妈祖信仰在宁波》一书统计,原宁波辖区内,妈祖宫庙大大小小有200多座。这些妈祖文化遗存遗址,如今损毁大半。今天,我们发掘、继承和发扬宁波历史文化,丝毫不可忽视妈祖文化,妈祖文化是"海丝"申遗的宝贵资源。

令人敬佩的是,以王国宝为主编的《大爱妈祖:妈祖信仰在宁波》一书编撰人员,以盘点宁波妈祖文化遗存遗址为己任,多方搜集资料,深入实地寻访,反复考证稽核,处处落实,终成著述。这一重要成果的形成实乃因缘和合、诚心汇聚。书中收录了大量照片,相当一部分为实地拍摄,一些历史资料照片殊为珍贵。例如,东门天后庙的照片由本地文史专家楼稼平搜集整理,这些照片多为西方人所摄,清晰、全面地展示了包括仪门、仪门内小桥、戏台、正殿、内殿、神像、石狮、石雕盘龙柱等在内的昔日盛况。此书的出版,对于传承宁波妈祖文化并发挥妈祖文化的独特作用,对于推动"海上丝绸之路"的申遗工作,意义不言而喻。

在科技昌明的今天,人们对海洋的认识愈来愈深入,对海洋的利用和开发也愈来愈深入。但是,我们必须保持对大自然的神圣敬畏和对生命的神圣敬畏。意大利著名学者、作家卡尔维诺曾引用中世纪作家、《自然史》的作者普林尼的一句话："为了对生命作出合适的估量，我们必须时时提醒人类自己的脆弱。"卡尔维诺说："大自然跟人类心灵的最深处是不能区分的，其中存在着人类的梦想字符及幻想密码，若是没有它们的话，我们不会有理性，也不会有思想。"妈祖文化所体现的精神价值，既闪耀着妈祖护生庇民、扶危济困、大爱向善的人性光辉，又反映出信众顺应自然、珍惜自然、感恩自然的生存智慧，是人与自然和谐沟通的感应。我们跨越海洋、联系世界，能够感受到彼此之间最可靠的就是情感纽带、文化纽带，而妈祖文化认同是我们与许多"海上丝绸之路"国家的民众交流交往的共同语言。

（《大爱妈祖：妈祖信仰在宁波》，王国宝主编，宁波出版社2017年11月第1版）

期待一个更好的世界
——王宏甲演讲集《世界需要良知》的文化内涵

2018年元旦,著名作家王宏甲惠赠大著《世界需要良知》。此书汇集了他从2004年至2017年的六篇演讲稿,包括《我的中华文明观》《世界需要良知》《在圣彼得堡怀想阅读》《中国文化里的人民观》《孔子与中国文化》《神圣的教育》。我一读再读,获得的启示甚多,引发的思考也联翩不绝。

王宏甲的这些演讲主要是弘扬中华文明和中国人的价值观,其中在多个国际学术论坛上,他通过讲述一个历史故事,介绍一部中国典籍,或者阐释一个古老汉字,征引一句中国成语,向世界展示中国人的文化自觉和文化自信,阐述中国传统智慧的当代价值,表达中国人参与世界文明发展的积极精神。

一、面对文明的冲突,倡导文明的融合

王宏甲所理解的当下世界,处于这样一个历史方位:"过去的五百年来,西方的迅猛发展及其形成的西方文明体系,对全球的征服性渗透,已使世界不同文化源流的人们,在不同程度上采用西方文明观来评述文明",而西方文明观并不能带来世界秩序的和谐稳定,"震惊世界的'9·11'事件,反映的是不同文明的冲突","我们正处在一个需要重新认识文明的时代"。

在西方,也有学者看到了这个问题。20世纪末,塞缪尔·亨廷顿在《文明的冲突与世界秩序的重建》一书中,对后冷战时代的世界和平充满忧虑,认为世界冲突的根源将不是意识形态而是文化。他写道:"文明之间的权力均势正在变更,西方文明正在衰落,它在世界政治、经济、军事力量中所占的比重相比其他文明正日益缩小;相反,亚洲文明却在发展壮大它们的经济、军事和政治力量;伊斯兰文明的人口正在激增,打破了穆斯林国家与其邻国的平衡关系。"亨廷顿指出,"这个世界将变得更加现代,同时更加不像西方。"他所指的是包括中国在内的国家和地区,在现代化的发展中变得更加强大,更加有能力抵抗西方在政治和意识形态上的霸权。"在正在来临的时代,文明的冲突是对世界和平的最大威胁,而建

立在多文明基础上的国际秩序是防止世界大战的最可靠保障。"现在看来，亨廷顿对当今世界多极化发展的这一历史变化趋势的预测大致是准确的，同时，对于他所预测的世界不同文明之间的文化冲突将逐步加剧，我们应当加以警惕。特别应该警惕的是，亨廷顿既不了解中国文化，又没有摆脱冷战思维，认为文明间战争爆发的可能性很大，在书中，他竟然妄断"中国的崛起则是核心国家大规模文明间战争的潜在根源"。

西方的中心是美国。丹麦学者戴维·格雷斯在《西方的敌与我：从柏拉图到北约》一书中指出，"不管愿不愿意，美国依然是西方的中心。第一，作为一种政治文明，美国毋庸置疑是西方的地缘政治和战略的中心。第二，当作为有机体的西方从旧西方中发展起来并进入新西方的时候，美国是它的忠实体现"。格雷斯同样认为，在苏联解体后，冷战思维的逻辑不攻自破，此前将西方"定义为一整套由美国、北约和其他很少的东西构成的政治体系"实在是"鼠目寸光"。虽然格雷斯认识到西方所谓基于自由哲学的"宏大叙事"(Grand Narrative)历史观在冷战后遭到了自身的怀疑，民主和资本主义不可能成为普世的价值(Universal Value)，未来也不可能造就一个西方化的世界，但是，格雷斯依然强调了他的西方认同观念："在文明共存的情况下，西方的命运将在很大程度上取决于西方人及其他人对他们的过去、他们自身的认同史有多深的理解。"格雷斯认为,"理解西方的发展和认同的线索在于历史和社会学的识见中",西方的自我认同首先需要寻找文化源头,即由希腊、罗马、基督教和日耳曼文化的遗产构成的旧西方,同时,需要坚持由理性、自由和繁荣组成"三件套"的新西方。

在全球一体化、世界多极化、文化多元化的今天,如何让世界了解中国,让中国走向世界?王宏甲作为一个文化学者、一个作家,也是一个军人,他比我更加清楚亨廷顿所宣扬的"中国威胁论"的恶意。譬如,亨廷顿认为中国的崛起意味着中国将谋求在东亚的霸主地位。一方面,亨廷顿讥讽了美国自 1917 年以来推行普世主义(Universalist)的野心,另一方面,亨廷顿仍是一个西方中心论者、美国中心论者,他把冲突放到最突出的位置,不相信不同文明的和谐共存,低估了不同文化之间的交流、交融。戴维·格雷斯在看到推行普世价值的不可能性的同时,同样强化了西方中心论,他反对一个多元文化的西方,寻求建构一个强化自我认同的西方。

虽然亨廷顿、格雷斯等西方学者认识到文明和文化是世界秩序的决定性力量,但是,西方国家在冷战后开始建构、推行文化软实力(Soft Power)、巧实力(Smart Power),目的是维持和发展西方的霸权。所谓"中国威胁论",或者故意唱衰中国,都是不怀善意地将中国作为对手,企图遏制中国的崛起,遏制中国与世界文明的交流、交融。和西方人的线性世界观、对立思维模式不一样,王宏甲认为,中国人的世界观是圆形的,中国人的思维模式是圆融的。"为什么?基于不同的哲学观。西方讲进化,讲以强汰弱,中国人更注重演化。演化注重的不是强可以淘汰弱,而是强可以变弱,弱也可以变强。"对待西方的霸权意识和霸权行为,王宏甲毫不畏惧,以博大的历史视野与深厚的文化底蕴,列举铁证,申明大义,绵而有力,以柔制刚:"西方列强侵入中国,遇到的最强大的抵抗力量,既不是中国政府,也不是中国军队,而是遇到了伟大的中国文化和中华文明。"王宏甲进一步指出,"'敷文化以柔远',便是注重用文化治国,并寻求与邻居相安。中华民族的形成,不是靠武力去征服,而是用文化去寻求沟通和理解,寻求同风共俗。"

王宏甲概括中国文明的本质,运用了诗意的比喻:"古人说伏羲姓风,风被认为是中华最早的姓氏。风繁体字写作'風'。'風'的象形描绘是天穹下一条长虫,这是蛇图腾的标志。龙是以蛇图腾为本体","'融'字的右边也有一条'虫'","如果用一个字来形容中国文明的本质,那就是这个'融'字。

能周乎万物、融会天下，就是龙。龙者，融也。融者为龙。"这样的演讲，既高屋建瓴又形象生动，既有概括力又有感染力。面对西方人对于当代中国崛起的怀疑、误解、敌视，王宏甲表示出中国人极大的文化自信、极大的沟通诚意、极大的发展理性："我们认识，乃至继承和发展中华文化伟大的融合力，最重要的意义并不是为了比其他民族更强大，而是为了更好地建设一个和谐的世界。唯其如此，才有人类的安全、幸福和尊严。"

二、用良知驾驭理性，用教育启迪良知

王宏甲在这本书里一再弘扬中华传统文化的价值，同时，非常熨帖地融合了现代思想——他用"良知"这个词，概括了当今世界最需要弘扬的人的价值、人性的价值。他在巴黎中法文学论坛上发出了振聋发聩的声音："在一切工具之上，应该有能驾驭工具的东西，这种东西就是人的良知，它是唯一可以阻止这个世界坍塌的东西。"

王宏甲深刻阐明了良知 (Conscience) 与工具理性的关系。他看到了工具理性对于世界文明的负作用。他引用了一百多年前法国艺术家罗丹说过的话："我们这个时代是技师和工厂主的时代，而绝不是艺术家的时代。在现代生活中，追求

的是功利。"文明生活的目的,不是让物欲侵占心灵,让技术操控人性,让功利驱逐道德。否则,经济发展和科技进步将带来更大的风险甚至更多的灾难。

这样的教训,离我们并不遥远。20二十世纪上半叶,两次世界大战的爆发造成了人类浩劫,人的同类攻讦、杀戮使人丧失了人之尊严。痛定思痛,文明往何处去,将成为每一个个体及人类社会的现实。英国社会学家齐格蒙·鲍曼在其著作《现代性与大屠杀》中,将二战时期德国纳粹的反犹大屠杀与工具理性的先验地位联系起来,提出对现代性的反思应该也是对绝对理性的反思。德国学者汉娜·阿伦特在《极权主义的起源》一书中,认为工具理性是极权主义形成的国度中大众的特征。她主张从人性道德上反思暴政产生的土壤。这些反思的共同之处在于,要谨防工具理性之恶的可能性,视理性为工具则可能导致极权,离开良知的理性是可怕的。

对两次世界大战的反思,对人类美好未来的向往,需要寻求新的共识。1948年12月10日,《世界人权宣言》在第三届联合国大会表决通过,它是由来自世界各个国家和地区不同法律和文化背景的代表起草的,体现了所有国家和所有人民的共同成果。中国人张彭春担任《世界人权宣言》起草委员会副主席,在参与起草的过程中贡献了中国智慧。其中,《宣言》的第一条"人人生而自由,在尊严和权利上一律平等。他们富有理性和良心,并应以兄弟关系的精神相对待",其初稿由法国法学家勒内·卡森起草,张彭春建设性地增加了"良心"(Conscience)这个核心词,而它代表的是"仁"的价值。"己所不欲,勿施于人""仁者,爱人",张彭春引用孔子和孟子的思想,既弥补了西方向外求理性的不足,提出应该从人的内在良知(良心)出发,在"爱人"与"人爱"的互动中理解人权、尊重人权、维护人权,又呼应了西方近现代以来的"博爱"思想,使之更易于成为共同主张和共同愿景。

英雄所见略同。王宏甲在巴黎倡导"世界需要良知",是对人性弱点的准确把握,是对世界历史的深刻领悟,更是对人类文化的善意期许,对人类权利的坚强捍卫。所以,在这次演讲的结尾,他说:"当今能够拯救这个世界的,不是经济,也不是科技,而是人类的善良之心。"良知能使每一个生命个体恪守底线、保持尊严,确立人自身的信仰。

如何发现良知?如何传承良知?如何致良知?王宏甲巧妙地引导:"古人说'你用心想一想'时,不是要你的能力,而是要你的良心。"2015年,王宏甲在党建网上讲解《孔子与中国文化》,以孔子的成长历程和孔子思想的形成过程为对象进行了深入论述。他说:"孔子讲的'仁',是人之所以为人的人生哲学,是人本身的成长历程和人的本质属性,包含着人的神圣权利和义务,是社会公理的基础。""'仁'字凝聚着孔子的育人思想。一个人只有通过教育具有'仁'的品质,才能成人。"成为人,合乎人性,塑造人格,便是良知。

在《神圣的教育》中,王宏甲呼吁"成人比成才重要"。他再次论述:"孟子上承孔子,提出'良知'的概念,这是把从外部世界得来的学问看作是知识,把从内心即人的善良本性中发现出来的认识称为'良知'。中国古代教育至迟从孔子开始就不只是传授知识,更在于启迪良知。"

三、坚持文化自信,促进文化互信

世界需要良知,而中国传统文化一直强调良知。为什么这么重要的思想资源,没有得到世界的重视呢?

英国前首相撒切尔夫人在任时,曾被记者问及"中国的电视机出口到了英国,你是否感到了危机",她回答说,"等到他们输出电视节目再说吧"。大意是一个国家经济发展还不足够强大,输出价值观才称得上强大。当然,一个国家如果积贫积弱,经济科技落后,是没有多少国际话语权的,何谈输出文化、输出价值观?!更有甚者,强国对弱国实行文化渗透和文化侵略，并视为理所当然。2014年5月，王宏甲在参加俄罗斯第十四届利哈乔夫国际文化对话会议的过程中，强烈感受到当今世界文化侵略不断发生，"这种文化侵略，不仅是向不同文明形态的国家输入不同的价值观，更在于瓦解他国的价值观。美苏冷战，美国人宣称对苏联'不战而胜'，就是通过文化攻略渗透"。

一个民族、一个国家的精神力量，首先源自对优秀传统文化的坚守和发扬。同时，继承遗产需要正视历史，树立正确的历史观、民族观、国家观与文化观。王宏甲在俄罗斯的这次国际文化会议开幕式上这样演讲："阅读历史是需要感情的。""感情会从失败中看到奋斗，从污秽中看到纯洁，从丑陋中看到美好，从侮辱中看到尊严。""人类的历史是光明与黑暗共同创造的。我们需要有生命的历史，不要被肢解的历史。"他的这一番话充满哲思。坚持文化自信，既要看到中华文化的悠久传统和丰富资源，又要牢记历史的深刻教训和不屈历程。所谓自信，就是不惧过往，不畏将来。王宏甲不仅是在讲如何阅读历史，更是在告诉人们重新认识历史，立足现实，把握当下，面向未来。如果放弃了本国的历史文化，我们就会失去精神力量，失去祖国。

今天，中国成为世界第二大经济体，中国文化也引起了世界的关注，有些国家还出现了"中国文化热"。我们应该如何传播中华文化，传播中国价值观？我们是否需要更多地吸收优秀的外来文化？王宏甲在国际文化交流活动中，以增强文化对话、建立文化互信为责任和义务，赢得了尊重和认同。在巴黎，他说："要想能有比较开阔的眼光去关注社会，就应当向世界各国的文学艺术家学习，向五千年来一切优秀的文化学习。"在圣彼得堡，他说："每当踏上这片土地，总有一种格外亲切的感觉。为什么有这感觉？是因为青少年时期阅读过的俄罗斯文学作品在我心中留下的亲切记忆。""如果不会阅读，不愿阅读，我们的世界就太小了。"在首尔，他说："东亚各国应该在充分珍视自身文明渊源的基础上，加强沟通，互相学习，形成相得益彰的文化共同体。"他说得如此真诚，如此坦率，如此谦逊，如此大度，他的言语中就体现了中华文化伟大的融合力。

在对待历史文化问题上，全球眼光、人类视野是多么重要！中国明清时期闭关锁国，致使中国与世界的发展严重脱轨，统治阶级妄自尊大、保守愚昧的心理给整个中华民族带来了"落后就要挨打"的磨难和教训。文运兴衰，关乎国运兴衰。一方面，我们要坚持中国立场，坚持文化自信，另一方面，还要扩大开放，大胆"拿来"，吸收和转化一切人类文化的优秀成果，唯其如此，才能实现中华文化的伟大复兴。

也许撒切尔夫人忘了，中华人民共和国成立后，中国人为世界贡献过重要的价值观。1953年，中国政府同印度政府就两国在西藏地区的关系问题进行谈判时，周恩来总理第一次提出和平共处五项原则，这一原则于1955年的万隆会议上被吸收进《关于促进世界和平与合作的宣言》，如今，被世界上绝大多数国家接受，成为规范国际关系的重要准则。和平共处五项原则，渗透了中国人的文化精神和哲学思想，体现了智慧和良知。王宏甲关于"世界需要良知"的命题，包含了中国人期待世界更美好的价值观。阅读他的这本演讲集，我更加坚定了一个认识：在新时代，中国人按照十九大提出的"不忘本来、吸收外来、面向未来"的理念，聚集古今中外优秀文化资源，一定能够塑造更加伟大的思想价值，凝聚更加伟大的精神力量！

（《世界需要良知》，王宏甲著，
中国出版集团中译出版社2017年12月第1版）

对传播学体制化的反思及知行合一的期待
——《传播理论史:一种社会学的视角》读后

传播理论史怎么书写?如果以时间为序,仅仅选取不同时期占据主导地位的学术精英及其经典论述而作出概括与评价,看似注重了权威性,实则割裂了传播学发展的历史脉络和生成逻辑。如果分主题来回顾不同学派的论争分合,又容易缺乏历史眼光,对每一种思潮出现所处的历史环境、文化背景、社会心理状况等考量不足,因此评价不同思潮的理论贡献和局限时可能缺乏纵向的"新""旧"比较。如果以不同媒介或传播学学者加于媒介的不同想象为主线,又可能混淆"传播"与"传媒"的含义,由此导致研究视野的窄化与偏狭。还有其他的书写方式,比如,或对比不同的研究范式在传播研究中的渊源、发展与趋势,或盘点传播研究是如何与不同学科的理论资源、方法、意义等之间相互借鉴、渗透、融合的,或抓住一些关键概念来组织、理解、辨析一段历史时期的传播研究核心问题……由于各种传播理论的纷繁、分裂和各种研究范式的多元、冲突,传播理论史错综复杂而难以梳理,从不同的视角去看都会得出不同的面貌,所谓"横看成岭侧成峰,远近高低各不同","怎么写"比"写什么"更具有难度和挑战性。然而,撰写传播学史的学者们总是试图找到一条最佳"观景路线",走出思想的迷宫,将传播研究中最重要的概念和学说联结起来,在肯定其价值与意义的同时,评点缺陷与问题,期冀对之后的传播研究予以启示和引导。

法国当代学者埃里克·麦格雷的著作《传播理论史:一种社会学的视角》(刘芳译)力求证明和捍卫传播社会学的存在,将研究思路回归到传播学与社会学紧密关联的叙事上来。他认为传播理论的发展是逐渐向社会学视角集中的一个过程。回顾西方传播理论发展所跨越的步骤,欧洲社会学和美国经验主义共同构成了传播社会学的根基,虽然其后从各个领域产生了多样的甚至相互对立的思潮,但是,学科的自身体制化构成了对传播社会学最主要的挑战。麦格雷认为,应当反思这一问题,回应这一挑战。而"回到社会科学和研究发展的初期,找到大洋两岸的思想衔接,恢复欧美对话",正是本书的写作主旨。

埃里克·麦格雷是巴黎政治学院传播与传媒社会学教授，他的研究继承了欧洲社会学的批判传统。但是他认为大众传播与现代性关系密切，欧洲社会学当时的研究没有看清传播在现代性当中的位置，低估了传播的社会意义。作者评价，早期社会学思想充斥着对现代性的悲观，尤其是对世俗化、工业化和坎坷的民主化的消极担忧，涂尔干的"失序"、韦伯的"幻灭"和马克思的"异化"都对新的时代进行了"恶"的聚焦。而在大西洋的另一岸，美国实用主义为现代性欢呼，以肯定和乐观的态度面对大众传播。美国社会学研究率先引入了传播课题，并很快形成了以经验的、量化的、以效果为中心的传播研究方向，吹起了经验主义之风，经验主义的贡献在于它把行动与思想联系在一起。

在对欧洲学者错失传播研究的最初机遇感到唏嘘的同时，埃里克·麦格雷对传播研究在美国的早期发展也有些失望。20世纪初，传播研究在相当长一段时间内是以效果概念为中心的，传媒被视为个人观点的塑造者，这类假设、预设放大了传媒影响力，并谴责所谓构成负面环境的传媒暴力，而实际上传媒只是行动方式的后备库而不是行动的刺激者。这种以心理学衍化出的模型来解释传媒对受众的影响的研究思路过于简单，用自然科学机械地分析人类行为对于环境刺激的反应,从根本上否定了人类行为的社会属性。作者认为,这种思路的局限是一切科学主义思路的局限。只围绕效果做文章而不考察权力,传播研究就缺乏思想层面的意义。

传播研究应如何确定客体,如何建立维度呢?埃里克·麦格雷提出从自然/功能层面、社会/文化层面、创造性层面来定义传播。自然/功能层面是"一"的层面,是由此及此,思想与世界一一对应,显然,事实并非如所谓"精确科学"所假定的那样。社会/文化层面是"二"的层面,这一层面假定团体之间存在对话或非绝对的冲突,而这是权力/文化关系的基础。创造性层面是"三"和"无限"的层面,是个体与团体之间的意义的普遍关系的层面,传播是权力、文化与民主选择之间的动态关系。概而言之,这三个维度分别对应的是人与客观世界的关系、人与人的社会关系和社会政治秩序。任何传播理论都是由这三个不可分割的部分组成的:人与人交流的功能化模型、对权力/文化关系的判断、统领全局的政治秩序观。

基于以上三个维度对传播研究的客体构成的诠释,埃里克·麦格雷实现了对传播理论史进行社会学话语框架的构建,由此设定了《传播理论史:一种社会学的视角》写作的三大部分。这三大部分分别为:一、让传播告别自然效果问题……

或怎样摆脱效果问题；二、将传播纳入文化范畴：生产/接收的博弈；三、传播多元化：民主、创新、反思。据此，全书展开了对西方传播理论发展过程的社会学话语分析，在对西方传播理论（以美国和欧洲为主）进行介绍、批判的同时，反思了社会科学在大洋两岸从各有分歧到殊途同归的体制化问题，对打破封闭的理论范式并回到社会学提出了展望：构建新的方法论，也就是说，既实现研究立场的综合化，又注重实践的多变，尝试拓展更多源头来积累方法并实现方法的整体化——这两个方面结合起来，就是欧美两大传播研究范式的对话与融合。全书区别于传记式的史话或概念化的史料，成为完整而有独到见解的史论，论从史出，史论结合，打通了传播研究的历史脉络和传统资源，对传播研究新的活力和新的理想寄予了期待。

作者将行为主义、控制论、技术决定论三种思潮归入自然/功能层面。美国学者约翰·沃特森的行为主义对传播学研究的主要影响就是通过行为实验了解人的物理机制。卢因、奥尔波特、米尔格兰姆等按照实验心理学思路来分析人对环境的行为反应。拉斯韦尔的大众传播研究是从"皮下注射"理论开始的。这些理论范式几乎没有涉及社会现实和社会互动，只是一种操纵思维，即传媒的社会控制效果之说。随着计算机和自动化的问世,香农的信息论和维纳的控制论成为传播领域的新思潮。信息论将传播分解为物理过程,假定信息是可以量化的,在传播链中可以通过信息处理手段来力求完整复制和再现信息;控制论将人视为一套复杂的反应系统,由于人不能完整地观察自己、行为理性技能不全,所以通过控制可以改进人类社会的沟通协调,用人工智能手段改善人际关系。香农和维纳等尝试用数学、物理学的理论来解决人文社会科学的问题,但是信息不等于意义,科学主义轻视了人类实践和生命价值。给人类社会提供"义肢"并不能健全社会理性,也并不能改变人类传播永不休止的冲突与互动模式。加拿大人麦克卢汉在20世纪60年代闯入传播学研究领域,形成了巨大冲击波。麦氏关于"媒介即信息""媒介是精神的延伸""地球村"及通过划分媒介历史所命名的"电子时代"等论断激发了人们在传播研究中关注媒介问题及关注技术层面的媒介的兴趣,分析技术与社会的关系形成了新的研究视角。麦克卢汉挑战了美国经验主义社会学,他的学说展示了不同魅力,尤其是当计算机和互联网的媒介影响越来越大时,他的创新贡献更为人所侧目。然而,麦克卢汉并不是先知,技术决定论的缺陷在于忽视了社会对技术的反作用,技术与社会是不可分割的。另一方面,当我们研究别的存在方式(如政治或道德）时以技术为参照就不得要领。行为主义、控制论、技术决定论其实都包含了意识形态，而科学主义并非意味着理性，将社会自然化更是一种乌托邦思维。

作为欧洲学者，麦格雷认为，西方传播学在社会／文化层面的研究，产生了更为丰富的成果，其中以批判理论、功能主义、结构主义、文化研究为代表。

麦格雷认为，极具悲观色彩和精英视角的批判理论抓住传媒与社会之间的不平等关系不放，其主要贡献是将意识形态引入了传媒研究。法兰克福学派（阿尔多诺、霍克海默、本雅明等）认为，大众传媒和文化工业是影响公众判断的、让公众失去批判精神的权力，是以吹捧和引诱作为操纵方式的精神鸦片。现代社会病的根子在于人的原子化、人的被异化，现代人失去了群体归属，世界为迷思所欺，传媒造成了公众被大众化。法国的鲍德里亚进而言之，传媒不是意识形态效果的中心，而是意识形态本身，是空洞的再现。福柯提出了权力中央化和无所不在的理论，体制将自身内化于个体，从而实现对个体的控制。在传统社会向现代社会过渡的转型期，国家发明了个人主义以制造出千人一面的个体。概而言之，批判理论过度谴责传媒的不良影响，过于否定传媒对于现代性的意义。

在大洋彼岸，拉斯韦尔对传播研究做出了重要贡献，他提出了"大众传播学"的概念，提出了著名的"传播问题表"（即"5W模式"），界定了大众传播研究的范围，并推动了传播作为一门学科在美国的发展。麦格雷肯定了美国的经验功能主义将传播学研究的视角从传媒对个体的影响转向个体对传媒的影响，所提出的使用与满足理论和扩散理论均强调了人的主动性。批判学派虽然发现了意识形态的概念却不知其所以然，而经验主义虽然主观上忽略了意识形态的概念，却提出了接收者的解码能力、他们与文化工业的疏远关系以及他们对文化工业的工具化，从而发现了意义的民主。同时，麦格雷认为，经验功能主义把社会冲突问题、权力/文化关系等社会学核心问题简化了，传播问题也被简化为个体适应社会秩序的问题、面对面或远程之类不得不做的问题。由于轻意识形态分析，经验功能主义自20世纪50年代渐渐走入僵化，穷尽了自己的逻辑。

符号学关于意义交流的分析启发了结构语言学的思潮，语言学被视为传播的普遍理论。用语言学模型来对应认识传播功能，将意义换位机制规定为结构，或者说将传播视为文本叙事，将所有文本纳入二元对立式的话语和结构分析之中，事实上这些研究（雅各布森、列维—斯特劳斯等）过度系化也过度简单化。乔姆斯基的生成语法学研究也没有找到意义的内在结构，毕竟意义不来自语言形成的抽象规律。巴特与艾柯的大众传播符号学研究走向了批判，谴责传媒复制了文化的不平等，谴责媒体秩序的"二元主义"甚至"法西斯主义"，但同时又表现出文化上的精英主义和本质主义倾向。巴特看到了这样的理论范式存在的问题，其著作《文本的快感》所分析的中心是读者而不是符号系统，但他后来渐渐放弃了符号学的假设，也不再分析大众传媒。艾柯之后也发展了自己的研究，他于20世纪70年代出版的《符号学理论》摒弃了封闭文本、线性机械交流的观点，清醒地提出要研究讯息在传播过程中变成了什么、接收者怎么重建（而不是恢复）这个信息，但是，他依然是从编码的角度而不是社会定位的角度来思考和表述的。麦格雷认为，符号学说到底是反民主的，它暗含的判断是只有知识分子才能理解世界并结构布尔乔亚。自缚于文本分析的语言学/符号学最终转向实用主义，这也意味着其走到了尽头。

英美文化研究的新马克思主义者认为，意识形态意味着交流而不是传递。20世纪70—90年代，这一思潮综合大众传播研究的成果，跨越学科边界，摆脱精英视野，注重定性分析，向大众文化实践敞开了大门。霍尔受葛兰西和马克思的影响，完善了对意识形态的认知：意识形态是意义和实践的体系，这些意义和实践表达不仅是让人上当受骗的诡计或战略，也是某个社会团体的价值观。霍尔认为，从历史地讲，统治阶级的意识形态在面对阶级斗争的过程中也在变化，被统治的各阶级也与大众传媒有关或通过大众传媒表达了自己。霍尔把文化看成矛盾的空间，讯息不可能按照自己的编码自动解码，传播贯穿了权力博弈。他提出了编码/解码的三种模式：霸权模式、协商模式、对抗模式。在美国，文化研究的对象、理论、立场和实践跨越了不同学科和领域，从文学研究、英语研究、电影研究、媒体研究到社会性别研究、同性恋和酷儿文化研究、黑人和族裔研究等等。美国的文化研究具有实用主义传统，对一切产生意义的东西都抱有兴趣，把现实参照置于阐释过程之中，回到了现代性的平面经验。

麦格雷在第三个层次或曰创造性层次定义传播，主要以两大思潮为例，一是公共领域理论，一是会反思的现代性。哈贝马斯认为舆论是民主的条件，而大众传媒是民主的歧途。个体关于公共事务的讨论将使其从自身特性中抽出来，私人之间的交流形成一个新的领地，即公共领域。公共领域是介于政府和社会之间的中间层，个体之间达成理性共识从而搁置个人利益、服务于全体的利益。公共领域从公民社会和大众传媒开始形成,赋予传播以无限的、颠覆性的对话权。具有理想色彩的公共领域理论受到了诸多后来者的质疑、修正和补充,但是将当代传播空间视为公共领域这一视角还是具有启发性的。麦格雷借用杜威"创造性民主"的概念,提出社会学走向了新的理论,而不是自然和文化的对立(麦格雷指出,功能主义、批判理论、场域理论和文化主义以各自的方式区别了社会和自然),传播学开始围绕反思而不是一味批判来重新理解民主。贝克的行动社会学将对多元动力的系统分析纳入了民主理论。拉图尔将传播视作多元化自我实现的过程,每次公共事务的讨论过程中都会出现新的行动者、新的实践和新的结果。传播学要回归客体,就必须从客体的互动(而不是客体的影响)的民主视角出发。麦格雷以有关互联网的相关研究为例,认为曼纽尔·卡斯特勒提出的"网络社会""信息社会"的概念及20世纪90年代以来有关"电子民主""赛博民主"的说法,虽然过于天真,但是为此前一直被压制的关于技术与政治选择的关系(而不是简化为理性/技术的二元对立)的进一步讨论打下来基础。这些研究改变了传播学经典研究的封闭性、断裂性。

纵观西方传播理论史,各种思潮的发展都可以找到经验主义和批判理论这两大源头,不同思潮的此消彼长反映了在传播的不同层面的讨论，此外，传播的不同层面之间也在相互传播。西方传播社会学以理性为现代性的假设，正如贝克在《风险社会》一书中指出，社会学是与现代性同时立足的。麦格雷在《传播理论史：一种社会学的视角》中始终将传播与现代性的关系作为研究的框架，他对传播的三个层面的划分也是着眼于大众传播，将其视为民主社会最重要的媒介，并展开对处于现代性的演进过程中的大众传媒的思考。基于此，麦格雷描述不同传播研究范式之间的冲突，检点各种理论的贡献与局限，他主张传播社会学的研究要跳出非批判即捍卫的二元对立视角，在传播技术迅猛发展、全球文化互相渗透的今天，应更多地着眼于民主的生动、丰富、多变的实践性，建立多维、开放、创新的视角。唯其如此，才能打破传播研究的体制化，贯通经验与反思，贯通历史与实践，知行合一，体现出活力与创造性。这不仅是对研究范式的重新思考与拓展，而且是对面向未来所不可或缺的学术眼光与学术勇气的确立。

用三言两语来概括各种复杂的思潮确有其难，但麦格雷在此著作中对诸多传播理论的点评却存在一些偏见。此外，他更看重欧洲的批判传统和传播社会学发展对意识形态的密切关注，相较之下对美国经验主义的笔墨则有些吝啬。他一方面将全球化作为传播社会学发展新阶段的对象，另一方面，欧美之外的社会学思潮几乎没有进入其"法眼",这不能不说是一种意识形态框架。著作从公众和社会的立场作了较深入分析,而从公民和个体的立场所作的讨论则相对不足,对西方现代化存在的问题也剖析不深。当然,这些缺陷并不能遮掩其传播认识论的光芒,他对西方传媒和社会理论的脉络梳理及走向建议令笔者屡屡受到启发,深化了笔者对于传播与西方当代社会文化、政治变革的关系的认识,并可以给我们提供借鉴,对全球化背景下诸多新问题展开新思考。

(《传播理论史:一种社会学的视角》,[法]埃里克·麦格雷著,刘芳译,中国传媒大学出版社2009年7月第1版)

对知识分子角色贬值的批判与反思
——《知识分子都到哪里去了》阅读笔记

弗兰克·富里迪,英国肯特大学社会学教授,曾成立大不列颠革命共产党并担任党主席,至今仍是"活着的马克思主义"团体的领军人物。他主要研究帝国主义问题,也关注知识分子问题,因为知识分子问题关乎帝国主义的意识形态。其所著的《知识分子都到哪里去了:对抗21世纪的庸人主义》,前言的第一句话就以强烈的在场感直陈问题:"一段时间以来,我深切感受到知识分子的迷失,并为此烦恼不安,这种感觉似乎困扰着我们文化机构、大学和专科学校中的许多人。"为什么知识分子迷失了?知识分子到哪里去了?问题的症结在哪里?知识分子应该如何反思自身?此书对知识分子问题的研究,虽然侧重于对英美当代教育、艺术和文化现状的社会学考察,但是所发现的问题、所针对的矛盾具有普遍意义,值得引起广泛关注。

以教育方面的问题为例,在此书的不同章节,作者根据本人的观察或引用他人的文章,描述了教育和学术越来越平庸的种种现象:高等教育被视为一个经济结构,顾客——无论是学生还是什么人,都能够在那里购买服务,大学被市场同化,除了扩大招生规模之外,还忙着为新发明颁发特许证,与公司进行磋商,以及孵化高科技公司。而从商业的立场看,顾客总是正确的,货币价值高于学术和教育的价值。此外,审查制度也削弱了大学的独立自主性,教育行政机构控制了高等教育,从教学,到学生发展,到评估和研究模式,都被系统地审查。学术自由变成可以讨价还价的了,在英国,讲师必须确保他们的讲授符合政府部门设计的"学习成果",达到由外部机构强加的基本标准。教育和文化的价值被量化、被计量而不是被评价。高等教育机构还接受了对学术知识的地位加以限制的做法,学者们同意将情感性洞见和以技能为基础的训练归入"知识"的范畴,官方认可则把生活技能放在与学校资格同等的地位,把与工作相关的培训和职业教育放在与学术同等的地位。

这些英美当代高等教育的情形,目前同样发生在中国。大学大规模扩招、高等教育产业化、对高等教育实行教学评估、对学术成果实行量化管理、学校纷纷"升格"……这些现象背后,有市场的推手,更多的则是行政的推手,而大学自身也予以迎合和呼应。

对这些问题应该怎么看?弗兰克·富里迪这本颇具忧虑意识和批判精神的著作,值得中国关注高等教育问题或关注知识分子问题的人阅读。

一

作者的忧虑来自文化精英们普遍的悲观主义看法。譬如,英才教育观被贬斥为本质上是反民主的,而降低了标准的庸才教育观被认为能够帮助更多的公众消除挫败感。把公众当作需要保护的儿童,把大众参与描述为无法与保持优秀标准相和谐共存,这就导致了对待学术生活的庸人主义态度和有害的工具主义态度日益兴盛。为迎合公众,文化精英们屈尊俯就,文化和学术水准一降再降,知识分子的角色地位、知识的权威性已然贬值。作者将之称为"弱智化"——它是对文化的描述,更具体地说,是对那些影响和调控着文化思想潮流的精英们的描述——文化变得弱智,知识分子变得弱智。

作者的批判,即抓住问题的实质来分析个中原因,揭示知识分子的弱智化是如何形成的。从市场层面来看,知识和艺术成为服务于经济发展的工具，学术和艺术活动成为"有用"的职业。从政府层面来看，政府主导的社会改造工程就是庸人工程。政治包容（politics of inclusion）作为当代社会改造的制度设计，声称以联系现实（relevance）和向公众开放（access）为价值，打着平民主义的口号，动员教育、文化和艺术政策以对抗社会排斥，塑造并控制公众的品位。而最为重要的一点，从知识分子自身层面来看，绝大多数知识分子采取反精英的态度和方式，而文化精英的反精英主义恰恰反映了他们真正的情绪，即对他们自身的地位和权威缺乏确信。由于无法使他们的地位和权威得到机构和传统的支持，而又无法克服他们自身的信仰危机所带来的困境，所以他们远离了使命感，缺乏对首字母大写的真理的清晰认识，最终逃避问题，走向了文化相对主义。

作者指出，一些书籍和报刊文章出现了"最后的知识分子"之类的标题，这是对知识分子疏离的普遍感知。很难听到知识分子对社会发出的重要声音，很难看到知识分子对社会的群体影响，知识分子不再有文化权威和影响力。从历史上看，知识分子多次被指责、被攻击，知识分子被描述为危险的破坏分子：逾越传统标准、摧毁传统美德、煽动社会大众、威胁社会稳定……各种反知识分子论对知识分子有不同的漫画式描述,但是这也表明知识分子拥有影响事件进程的强大力量。而如今知识分子从公共生活中消失的现象,正是知识分子的社会影响力减弱所致。

因此,知识分子难以逃脱对自身责任的追问。怎样才是知识分子?对知识分子的定义千差万别,本书作者对布尔迪厄、鲍曼、艾尔曼、萨义德、德布雷、科塞、米尔斯等人不同的表述进行了引用和总结,认为知识分子秉承意志自由,关注终极价值,远离特定的身份和利益,挑战当代的观念和传统,批评现状,追求真理,影响民众,具有创造性和批判性。

作者特意区分了职业专家和知识分子。专家和专业人员的兴起是资本主义社会的一个重要特征,但是定义知识分子的标准并不是其从事学术工作,不论其职业是什么,知识分子不是通过他们的工作而是通过其与社会的联系及其思想的发展来扮演其作为知识分子的角色的。职业专家可以是一个批评的知识分子,也可能与知识分子的行为方式相距甚远。知识分子一旦职业化、制度化、商业化,就不再具有独立性,相反,为获得机构的肯定和承认而失去了对学术自由的追求。本书中引用的萨义德所描述的职业专家的行为方式:"不找麻烦,不跨出认可的范式或界限,使你自己畅销,尤其是使自己体面,因此让自己不好争论、不涉政治,并且'客观'""被认为合宜的职业行为",与钱理群所描述的当代中国受到过良好教育却成为"精致的利己主义者"的群体惟妙惟肖。美国在20世纪50年代也曾有过"沉默的一代":"政治上冷漠,思想上被动,对社会事务毫不在意,更关心经济保障,全部精力都放在个人生活上。"本书中引用的艾尔曼关于"市场力具有决定文化生产的内容的力量"这一观点,又可以解释何以中国网民将"专家"戏称为"砖家",因为高度的专业化使知识变得越来越支离破碎,削弱了知识分子与作为整体的社会打交道的能力,"砖家"只是像搬砖一样局限于将专业知识搬来搬去,无法就公共事务发出令人信服的、理性的声音,自然就失去了权威和公众认同。

知识分子是社会的良心。作者认为,虽然知识分子的角色贬值有着社会结构变迁等原因,知识分子也被赋予了远比启蒙主义时代局限的角色,但是,知识分子溃退的问题需要他们反思何以抛弃使命,失去独立精神,陷入了顺从主义(conformism)风气之中。自满于现状,默认学术生活的制度化,失去改变、改善、变革的姿态,不再要求意志自由,这就使知识分子与公众的世界保持了距离,知识分子对公众也失去了吸引力,这就是文化冷漠和文化疏离。

二

精英和公众之间到底应该是什么样的关系？作者梳理了历史上精英对公众的态度所发生的种种转变，将这一问题转化为对知识和理性的看法问题。

在前现代社会，柏拉图笔下的苏格拉底认为"群众不可能通晓哲学"，精英们是不相信公众的。也就是说，公众被假设为非理性的。虽然启蒙主义思想家们依然对公众的思维能力评价很低，但是他们主张有可能教育和逐步地启蒙公众。而启蒙主义运动从一开始就受到质疑和敌意，反对启蒙运动的人怀疑人类的理性能力能够保持持续的进步并改善生活状况，相信理性观念逐渐侵蚀着人与上帝之间、人与他们的传统和团体之间的精神联系。理性和科学知识的推进被他们认为导致了宗教的衰落，并由此造成精神和情感的真空。有人甚至认为，人们丧失过去曾有的精神上的确信导致了法西斯主义和集权主义的兴盛。在反现代主义的头脑中，知识和理性被当作不确定、困惑和不稳定的种子。而如今，对理性的反动远远强于资本主义发展以来的任何时期，19世纪浪漫主义反对理性，却并没有质疑认知的可能性，19世纪的非理性主义思想家，如尼采和叔本华，提出人类处境的特点不是知识而是无知。其后，马克斯·韦伯认为理性与对价值的理解没有多大关系，他赋予理性思维以有限的作用，怀疑认知的可能性。今天，由于对启蒙主义的允诺的失望，公众越来越不相信社会有能力了解、理解以及最终控制未来，甚至担心增进知识这一做法本身会给社会带来问题，其中最强烈的表述就是认为科学和知识的产物之一就是风险。德国社会学家卢曼认为知识仅限于对已经发生之事的有限洞察，而贝克和吉登斯认为今天面对的不确定性是由知识的增加造成的，危险的根源不是无知而是知识。对不确定和风险的成见进一步强化了对知识的一种预防论的态度。

作者认为，19世纪的文化相对主义力求保护宗教和传统的道德和价值，使之免受被认为来自科学、客观真理和普遍价值的威胁。自20世纪60年代以来，文化相对主义成功地成为一股有力的知识力量，新左派出于对现代主义的反感，以特殊论来理解他们的生活而拒绝了普适论视角。当对普适主义的反拨变为对差异的赞颂时，知识分子的去激进化（de-radicalization）过程就变得无可避免了，其结果是所谓后现代主义。后现代主义者宣称所有知识都是由社会建构的，因此所有知识都没有可比性，所有知识在本质上都同样有效。后现代主义对差异的坚持不仅是世界观，也与方法论有关——真理由不同的途径获得。将方法论相对化，其实就是模糊了知识与日常洞见的界限，削弱了知识的权威性和独特意义。利奥塔认为在传播知识方面教授并不比数据库网络更胜任，知识只是技术性产品而不是智慧成果，所以他宣称"教授死了"。

今天，反精英的文化精英们其实并没有提高对公众的思维能力的评价，只是在奉承公众的伪装下逃避扮演他们在公众面前的传统角色。在一个致力于颂扬个人声音的社会里很难产生对重要问题的讨论和理性辩论，而睿智的公众是由学术和文化的蓬勃发展与热烈讨论造就的。高举包容、开放、参与大旗的政策或文化包容工程是在塑造温顺的公众，导致了公众的被动与屈从。将文化和思想生活儿童化则是对公众智力的看低，降低了文化和思想的目标和要求，防止公众遇到令人不安的文化和思想的挑战，从而试图控制公众的生活世界。

三

作者指出，平民主义的社会改造要求的解决方式既不是民主的，也不是平等主义的。而从文化和教育服从于社会改造工程所形成的媚俗文化、弱智文化在实质上是反民主的，是对公众的傲慢和蔑视。透过不断欢呼民众参与、公众对话和包容所有声音的表面，反精英主义者们与传统的精英主义者们的立场并无二致，他们相信人们没有能力从优秀标准中获得好处。

作者以欧洲当今具有美国特色的选举冷漠为例，指出越来越低的投票率表明了现存政治体制对公众的缺乏信任以及公众对政治体系的悲观和怀疑。公众疏远了社会机构，因为人们普遍相信这个世界已经失去控制，人们被剥夺了选择的可能和权利，政治失去了意义。从民主的理想来说，投票包含着责任和做出改变的决心。而如今理想已经服从于实用的看法，所谓用权宜之计实现包容性投票的人——人机对话、邮寄投票、对话投票等，目的是与作为原子化个体的大众建立联系，而不是与受过教育的公民建立联系。譬如说，将公众视为一种"快餐选民"，反映了精英们对选民的负面评价和内心深处对公众的蔑视。所谓联系现实和向公众开放，在政治包容的政策制定者看来，针对的是联系群众不够的现状。如何联系现实？让教育和文化服从于社会包容。如何向公众开放？其假设是拆除妨碍公众参与的障碍，一勺一勺地向公众填鸭式地"喂"容易消化的知识和文化。为什么要实现包容工程？将教育、文化和艺术动员起来，讨好大众，向大众提供消费、娱乐、麻醉，使其远离残酷的生活现实和复杂的思想领域，以期对抗社会排斥，弥合社会冲突。

作者指出，19世纪的政治体制追求利用文化和教育机构来整合社会的不同部分，虽然今天被批评为家长作风和精英主义，是自上而下的政策，但是，当今的社会包容政策并不比19世纪的先驱更民主，因为它并没有回应大众要求，也无视那些真正属于文化或教育的考虑。社会包容的做法只是体现了解决西方世界权力部门所面临的合法化问题的努力，给民众以参与的幻觉和得到肯定的虚假信号，导致了伪民主风气。

作者呼吁，真正地扩大公众参与的前提条件是展开一场对抗庸人的文化战争。对那些社会包容的文化政策的批判，不要把责任都归于政府和文化机构，知识分子尤其需要通过重申独立自主来重新塑造自己，抛弃自身的庸人悲观主义和工具主义态度，将公众视为大人，提高教育、文化和艺术的标准。

掩卷而思，弗兰克·富里迪所提出的问题在当下中国值得知识分子关注。当我们还在为知识界各种学术不端、学术失范问题而失望时，为知识分子深陷利益冲突和生存窘境而纠结时，为知识生产屈从于市场操纵和消费文化话语而焦虑时，我们尚未来得及深思知识分子真正的社会责任，似乎也忘记了理想和真理的召唤。尽管这本小书只是对西方问题把脉问诊而没有开出处方,但足以令我们引以为戒,反躬自省,以找准知识分子的定位,重塑知识分子的社会角色。

(《知识分子都到哪里去了:对抗21世纪的庸人主义》,
[英]弗兰克·富里迪著,戴从容译,
江苏人民出版社2012年5月第2版)

理想之火从来都在静静燃烧
——《真相再报告：与18位中国知名记者对话》读后

记者是谁？记者何为？我相信每一个记者对此都有不同的回答。在走向现代化的中国，同时处于急剧社会转型中的中国，记者的职责和使命也应有着不同的定义。我们可以从《真相再报告：与18位中国知名记者对话》一书中，看看黎勇所采访的这18名记者，是分别如何作角色定位的，并可从中寻找他们共同的认知，以引起我们的思索。今年（2008年）5月1日，笔者在电脑上打开黎勇传来的该书电子文稿后，4个多小时一口气读完，然后掩卷慨叹，心绪难平。这18个记者在受访时的声音，汇成洪流，如在耳畔，轰鸣不息，虽然他们每一个人的声音，都可能非常孤寂和微弱。面对这样的声音，反思自己14年来的记者生涯，我感到不足、愧疚。

这样的声音，到底是一种怎样的力量呢？编著者在目录中所归纳的，是"追寻理想、拷问真相、守望良知、我在现场"，我以为抓住了要害。尤其是"追寻理想"，这是新闻的意义所在，记者的意义所在，因为理想对应的是现实与历史、真理与正义。很多记者入行之初，可能都曾为托马斯·杰斐逊1787年的名言所激励："一个是没有新闻的政府，一个是没有政府的新闻，如果让我来选择的话，我会毫不犹豫地选择后者。"那么，记者入行久了后，他们还会如此坚定地对此抱有理想吗？面对官僚化的话语环境和商业化的价值取向，记者秉承"铁肩担道义"的传统不是一件轻而易举的事。他们当然会受到侵蚀，但是，揭开山西繁峙矿难真相一幕的《中国青年报》记者刘畅说："我不相信中国记者都是只顾拿金元宝的人。"他们当然会受到阻挠，但是，西安宝马彩票案的报道者、央视记者张凯华说："记者本身的操守，看记者是否站在公众立场上报道新闻。"他们甚至会受到恐吓，报道下跪的济宁副市长的中国舆论监督网负责人李新德，收到过"100万买人头"的邮件，但是他说："我是正义的，我要继续做下去！"由于这些优秀的记者追求的是正义和真相，所以他们坚持了操守、良知、理想，正如《南方周末》原记者翟明磊所说："新闻是我寻找真理的道路之一。"

本书不少受访记者的声音，表明了一个共识：坚持操守、良知、理想的核心，就是坚持对公众负责。翟明磊说："新闻是人心工程，来不得半点豆腐渣。"刘畅说："对公众负责是我们的基本态度和信念。"张凯华说："我们记者的原则就是揭开事实的真相，让每个人得到公平。"报道夫妻看黄碟被抓事件的《华商报》女记者江雪是学法律出身，她说，每一个人都有说话的权利。她采访的一些事件，都涉及公民权益，与每一个人的权利息息相关，所以会引起关注。对公众负责，是一个记者最基本也最本质的职责。因为公民对于新闻信息的知晓权和表达权，是他们建立时空感、确立主体性、参与公共生活、关心社会问题的生存权利，是一个现代社会体现民主、平等、自由、正义的前提，媒体、记者丧失了公众立场，是非常可怕的。江雪进而说，记者"是一个守望者的角色，记录历史"，"即使不能发表，也要记录，也是有意义的"。著名报人曹聚仁先生曾说到记者写文章是"史笔"，西方也有人说"新闻是历史的草稿"。记录历史，并以公众的利益为视角，应是一个记者本真的追求。

布克哈特有言："在任何情况下，历史都是一个时代发现另一个时代价值的记录。"这与克罗齐"一切历史都是当代史"的论断有某些接近。像其他的意识形态一样，绝对的新闻自由并不存在，因为人们的视阈是有限的。记者不可能完全客观，记者并非全知全能者。记者可以深入现场，但也会受到外在复杂性和内在经验性的限制。一个优秀的记者应该是秉持专业主义立场的。凤凰卫视的闾丘露薇是伊拉克战争爆发后第一个进入战地的华人女记者，她在受访时说的一段话是很专业的："我相信没有一家媒体把战争的真相完全告诉大家，每个媒体都有各种各样的局限"，"我能够做到的只是符合媒体标准的东西，把看到的东西如实地告诉大家，但是事实怎么样，需要大家进行比较"。闾丘露薇所尊重的，包括事实、真相、公众和媒体标准。这引发了我们对理想主义的又一种思考：事实并不等同于真相，媒体标准并不等同于公众标准，新闻理想的最高点在哪里？中国历史文化中的文以载道传统，近现代以来的报刊启蒙、斗争思潮，都曾经影响了记者对于新闻理想的误读，影响了记者对于专业主义的行进。因此，我更愿意从这一角度来理解陈婉莹教授在《真相再报告》的序言中提出的问题：记者"在社会上应扮演什么样的角色：要做积极的参与和推动者，还是冷静的客观记录者？"

饶有意味的是，对照阅读本书所附录的受访记者的代表作品，可以读到两种文体，其一为冷静客观的叙述，记者不着一语；其二为激情洋溢的表达，多以描写、议论体现倾向。思考过后，我们或许知道如何离真理之路更近。

这些富有新闻理想的记者的存在和成长，实在是多有波折。阅读他们的从业经历，可知他们多辗转于不同媒体，选择适应他们的环境，感触与体制相冲撞的限度。他们多谈及，记者生存空间与话语空间还不可能合乎理想。虽然《南方周末》原高级记者张立说"《南方周末》记者不屑于拿红包"，但他坦言在其他媒体工作时也习惯拿红包。这不是一个简单的橘生淮南枳生淮北的问题，它非常有力地提示我们，受尊重的媒体和受尊重的记者何其难得。一方面，社会的风气、媒体的风范、记者的风骨，需要总体的文明形塑和体制包容，同时，作为个体的理想主义者也是一支从未消失的力量，理想之火从来都在静静燃烧。《中国青年报》记者刘万永冀望说："记者的信用建立在群体上，但群体的信用又是基于每名记者的言行。"《真相再报告》的受访记者只是中国优秀记者族群的一小部分代表，但他们可以是勉励每一个记者燃烧理想之火的榜样力量。

我们可期待的是，在提倡政治文明的中国，在走向现代化的中国，媒体和记者将取得更加独立的操守，确立更加高尚的理想,并切实成为中国文明进程的见证者、记录者、参与者和推动者。

(《真相再报告:与18位中国知名记者对话》,黎勇编著,广东南方日报出版社2008年4月第1版)

未知恶,焉知善
——维庸、萨德、兰波带给我的思考

在法国文学史上,维庸、萨德、兰波,有着共同的气质,有着相似的人生境遇,也同样带给我关于善恶的思考。

弗朗索瓦·维庸出生于1431年,幼年丧父后为一个神甫所收养,并获得了良好的教育。他成长于英法百年战争的末期,一个动荡的年代。他个人的生活则是自导自演的动荡主题剧,组织学生运动、游荡、酗酒、斗殴、偷盗、抢劫、杀人、亵玩女性……1463年11月,在观看一场斗殴时死去(也有人说从此失踪,下落不明)。这个在堕落和犯罪中度过短暂一生的浪荡子,这个一再被惩罚和赦免的忤逆之徒,这个在午夜街头、封建宫廷和监狱之间无所归依的游魂,却是一个伟大的诗人。他常常处于惊恐之中,为死亡的气息所笼罩,两次提前写下遗嘱,请求上帝和世人的宽恕。1456年维庸出版了诗集《小遗嘱集》，1462年出版了另一部伟大的诗集《大遗嘱集》。俄罗斯诗人曼德尔斯塔姆是这样理解维庸的人生的："这个人一心要与来自社会阶梯每一级的三教九流人物建立重要、根本性的关系，从小偷到主教，从吧女到王子。他以何等的乐趣讲述他们最珍贵的秘密！"

维庸在《遗言》一诗中感喟："在我一生的第三十个年头，／我早已蒙受了一切耻辱……""我飞逝的韶光突然不见踪影，／竟没给我留下什么纪念"。对死之必然和生之痛苦的恐惧，诗人看到肉身难以对抗时间的结局。他回顾自己"含泪而笑"的绝望人生，"我处处受欢迎，又被人人厌恶"。在反思之中他祈求上帝宽恕自己的罪孽，并宽恕所有人的罪孽，语调深沉而柔和。《回旋诗》这样写道："这些死者生前有的人／卑微，有的人骄倨，／有的人贵为天子至尊，／有的人沦为奴仆，充满恐惧，／我从这里看到大家共同的结局，／只见他们乱糟糟地挤成一团。／他们的领地已被人夺去；／教士或主子都无从分辨。／如今他们离开了人间，上帝守着亡魂！／至于肉体，他们已经腐烂。／无论他们曾是贵妇或贵人，／养尊处优，恣意寻欢，／吃尽乳油、麦糊或米饭，／他们的尸骨都化为尘土，／他们的欢声笑语都烟消云散。／但愿仁慈的耶稣将他们宽恕！……"曼德尔斯塔姆说维庸的人生不断在反叛与自救中浮沉,"做到在一个人身上同时兼备原告与被告"。这不仅指他两次被处以绞刑而两次分别向查理七世、路易十一世写信上诉并得到赦免,还是他真正深入思考过善恶、生死,"表达了对自己的温柔、注意或关切"。这与兰波自谓"我的生命不过是温柔的疯狂"同样意义深刻,诗人从未放弃过自我审判也从未放弃过自我爱恋。他们有着共同的伤痛,在人世得不到治愈,而需要死后的解脱。如兰波临终之际所言:"我需要太阳。太阳会治愈我"。

萨德1740年出生于一个没落贵族家庭,曾就读于只有高级贵族才进得去的军官学校,1756年七年战争期间参加战斗且屡获晋升。1764年在父亲去世后继承了父亲三省荣誉总督的职务,岳父家也是贵族,婚后萨德获得了巨额财富。按理说萨德应该顺风顺水,但他一生中遭受了29年牢狱之灾,多次被判处死刑又多次逃脱断头台,也多次被关入疯人院。1814年,几近失明、浑身病痛的萨德死于疯人院内,享年74岁。萨德最初的放荡与邪恶是由于他出身于旧制度时代,享受贵族的特权,骄横而虚荣,"一切得为我让路,整个世界要恭维我的任性"。另一方面,他又在自由的新风俗中放纵冒险,亵渎上帝,虐待女性,被判定为犯下卑劣、变态、残暴的罪行。在漫长的囚禁生涯中,萨德通过读书和写作开始了自我反思、自我教育，他如此渴望自由、渴望得到理解。但是，萨德的方式是令人不安的，他写作的色情小说被视为下流故事、犯罪阴谋、邪恶话语，其中充满冗长而细致的性虐待描写，甚至有些"让人恶心"。人们难以忍受他对堕落、肮脏、残忍、荒唐的男女故事的写实与描述，难以忍受他对当时封建伪善的社会风俗的愤怒与颠覆，难以忍受他对行将崩塌的旧制度旧秩序的嘲讽与诅咒。他的著作如《索多姆一百二十天》《阿丽娜与瓦尔古》《美德的不幸》《闺房哲学》等畅销一时又屡遭封禁。大革命时期，中途出狱的萨德以公民身份参与共和主义运动，1805年写成了《政治对话》，提倡自然权利、人民主权、自由平等，反对虚伪的美德政治、欺骗的宗教制度，主张用宪法推动变革。在风烛之年，萨德投书拿破仑以求获释，但是，拿破仑被告知此人"以演讲和写作传播罪恶"，所以，直到生命的最后时刻萨德仍未获得自由之身。

为什么一个曾经轻浮无礼、淫邪残忍的顽徒异类，一个曾经以罪为乐、不分荣辱的无神论者，一个恶的化身、疯狂的"精神病人"，能够良心发现，不仅致力于挽救个体的善，而且思考并实践社会制度的变革，关心民族民众的命运？笔者认为，这来自萨德执着的批判精神，包括自我批判，也包括自由求生的愿望。最终，他在作品中不是为恶代言、为恶辩护，而是公开恶的极致，同时表达恶的快感与罪感，撕开现实的非理性与荒诞。法国现代诗人、《恶之花》的作者波德莱尔深切地理解"萨德之恶"，他在《正派的戏剧和小说》一文中说："的确，应该按本来面目描绘罪恶，要么就视而不见。如果读者自己没有一种哲学和宗教指导阅读，那他活该倒霉！"

兰波（1854—1891年）短暂的人生同样充满叛逆，富有传奇色彩。他少年时多次离家出走，巴黎公社时期加入自由射手队，很快成为士兵中有名的"肮脏男孩"，酗酒、抽大麻、同性恋。与年长自己10岁的已婚诗人魏尔伦的虐恋，是兰波难以忘怀的痛苦。魏尔伦曾抛妻别子与兰波私奔，也曾为种种琐事及情感纠葛与兰波吵架，1873年7月又为阻止兰波离开而开枪打伤兰波。尽管开庭审理时兰波一再宣称撤回对魏尔伦的控诉，但这份情殇以魏尔伦入狱、两人分手而告终。随后，兰波写下诗集《地狱一季》，追忆与魏尔伦共同生活的"地狱情侣"岁月，抒写"疯狂的童贞女，下地狱的丈夫"之间的冲突、分裂，从此兰波不再写诗。兰波的后半生更加漂泊不定，当过逃兵，做过水手，跟着马戏团流浪，甚至从事过监工、保镖、武器贩子的营生，并开始了探险旅行，足迹辗转欧洲、亚洲和非洲。他的人生也是自导自演的，因为他要"成为一个他者""成为所有人"。他要戴上种种假面,也要释放压抑的内心;他要回避单调的日常生活,也要"创造全部的生活"。他如此自恋:"以往,如果我没有记错,我的生命曾是一场盛宴。"又如此反省,"我的生命不过是温柔的疯狂,眼里一片海,我却不肯蓝。"木心评兰波时引用了弥尔顿《失乐园》中的诗句:"恶呀,你来作我的善吧。"木心说,作为一个秉持怀疑精神的智者,兰波太轻信,兰波的佯狂是把生命认真当作一回事了。木心说这是人性的内创,也是现代派的分裂。这个视角笔者以为是独特的,兰波的内心希望成为一个"伟大的罪犯"与"至高无上的智者"合为一体的超人,希望超越世俗意义的善恶,这个"被彩虹罚下地狱"的歌者却没有回到天堂。

如何看待文学对恶的彰显与探究?法国作家乔治·巴塔耶在其著作《文学与恶》中说:"真正的文学是富于反抗精神的。真正的作家敢于违抗当时社会的基本法规。文学怀疑规律和谨言慎行的原则。"他将"恶"视为文学所不可回避的"最高价值",体现为作家的"勇气",因为书写"恶"在艺术行为上"并不否定伦理道德,它要求的是'高超的道德'"。

当然,"善"与"恶"并非各守两端,也并非一成不变。善恶本来一体,有时彼此错置,有时相互转化,但从不割裂、断开。维庸、萨德、兰波,都是从恶的锁眼来观看世界(譬如萨德从扭曲的两性关系中窥探复杂的人性）。不必刻意将他们的行为之恶"升华"到所谓"精神自由""思想反叛""人性启蒙"，但也不必将他们的作品污名化、妖魔化，更不能以道德审判的名义口诛笔伐。文学应对一切观看方式予以包容，不管是现实图像还是心灵图像，乃至虚拟图像、N维图像，对我们来说，有太多的不可见的形式、太多的无以拒绝的意义，需要借助各种观看方式。

维庸、萨德、兰波、波德莱尔等法国作家、诗人从恶的锁眼观看世界，既是求真相，也是求真理。文学、诗歌需要记录被遮蔽、被忽略、被忘却的记忆，需要揭示被美化、被掩饰、被埋葬的真相。如果没有这样的勇气，人类就会陷于深渊之中而不自明。诗歌、文学也需要信仰引导，获得真理的启示。"对于人类的进步而言，知识是无用的，必须给信仰留足空间。"康德的话告诉我们，经验是不够的，通向真理的道路将超出经验。而我们的经验又过于残缺，对于地狱之恶还不足够明了。套用"未知生，焉知死"的思考方式，未知恶，焉知善？未知无明，又焉知真实不虚？

对新诗现代化的思考应该继续下去
——读《斯人可嘉——袁可嘉先生纪念文集》

汪剑钊老师凭译出曼杰什坦姆诗歌全集(出版时冠以书名为《黄金在天空舞蹈》)获得袁可嘉诗歌奖·翻译奖。剑钊老师来慈溪领奖时发表感言说,袁可嘉在诗歌翻译、创作和中国新诗理论上均建树非凡,相比而言,其诗学理论成就被长期忽视了。我亦以为然。袁可嘉先生在1940年代提出"新诗现代化",目光是远大的。袁可嘉的老师朱自清先生此前也提出过"新诗现代化",着眼点与袁可嘉不同,此处不议。将之上升为系统的诗学理论,袁可嘉更是贡献伟大。

袁可嘉提出"新诗现代化",针对的是感伤与说教这两大新诗写作之时弊。感伤者,或为情绪感伤,或为政治感伤,皆属滥情。说教者,或为思想说教,或为政治说教,皆属非诗。同为"九叶派"成员的陈敬容当时也有大致相同的看法:"无形中却已经有了两个传统：就是说，两个极端。一个尽唱的是'梦呀，玫瑰呀，眼泪呀'，一个尽吼的是'愤怒呀，热血呀，光明呀'，结果是前者走出了人生，后者走出了艺术，把它应有的将人生和艺术综合交错起来的神圣任务，反倒搁置一旁。"（《真诚的声音》）感伤与说教这两个毛病至今仍未从汉语新诗中祛除，表明袁可嘉和陈敬容看问题之深、之准。

我以为，这与汉语新诗的产生背景有关系，即处于文化运动、语言革命、诗体解放的背景，处于社会精英为解决政治与现实问题而寻求思想与文化"药方"的特殊时期。时局动荡，历史曲折，诗与政治、诗与现实的关系太近，诗被附加了太多的社会功能和意识形态内涵。因此，汉语新诗从一诞生就多了些急于表达的冲动，急于表达就导致简单、直白地表达现实情感或表达思想观念。前者就是感伤，后者就是说教。至于陈敬容所说的"走出了人生"的那一类虚假抒情，我认为，连感伤也算不上，不是什么浪漫主义，只能算是自虐自恋。

怎么处理诗与政治、诗与现实的关系？袁可嘉在《论现代诗中的政治感伤性》中说："绝对肯定诗应包含，应解释，应反映人生现实性，但同样地绝对肯定诗作为艺术时必须被尊重的诗底实质。""绝对肯定诗与政治的平行密切联系，但绝对否定两者之间有任何从属关系。"所以,他提出要将现实经验转化为诗性经验,将现实情感转化为诗性情感,"诗是经验的传达而非单纯的热情的宣泄"(《诗与民主》),所以浪漫主义到现代主义的诗底发展无疑是从直线倾泻的抒情进展到曲线的戏剧。感伤与说教都是直线倾泻的,是宣告式的,而忽视了受者,忽视了深沉的诗性经验、诗性情感。

袁可嘉正是看到了现实是复杂而非简单的,看到了人生态度是矛盾而非极端的,看到了诗歌追求的是自由而非专制,看到了理性是客观的而非主观的,所以,他认为诗歌的形式应该是复杂的、矛盾的而不是简单的、极端的,诗歌的语言应该是自由的、客观的而不是专制的、主观的。他深受英美"新批评"的影响,比如他从退特、布鲁克斯那里引入了"张力"之说,"从现代批评的观点来看,诗是许多不同的张力在最终消和溶解所得的模式;文字的正面暗面的意义,积极作用的意象结构,节奏音韵的起伏交错,情思景物的撼荡渗透都如一出戏剧中相反相成的种种因素,在最后一刹那求得和谐"(《对于诗的迷信》)。他将反讽(讽刺)、悖论、戏仿和意象、象征、隐喻等玄学派、象征派、现代派诗歌的表现手法吸收进来,将艾略特的"客观联系物""思想知觉化"论和瑞恰兹的诗歌应包容"人类经验的各个方面"的感性理性综合论等诗学主张吸收进来,创造性地提出了"新诗戏剧化"的表达机制。"新诗戏剧化"将西方诗歌的叙事性与戏剧性传统引入了中国现代诗,诗歌的抒情方式由缺少含蓄的直线倾泻转为间接化、客观化的思想情感沟通,由以物言我与物我交感的物象呈现方式代替了直抒胸臆与抽象议论的主观宣泄方式。袁可嘉甚至提出了还可以"干脆写诗剧",不过,"诗剧的创作既包含诗与剧的双重才能,自更较诗的创作为难"(《新诗戏剧化》)。

概括起来,袁可嘉的"新诗现代化",我认为起码有这么几个方面的意义:第一,他将现代化作为新诗寻求新传统的诗学方向与路径,即"现实、象征、玄学的综合传统",体现了将现代主义与现实主义结合起来的大视野,而不仅局限于对情、象、思等诗歌要素的整合。第二,袁可嘉将现代化作为新诗在技术上革新的基本内涵,特别是将"新诗戏剧化"作为"有机地创造""经验的传达"的手段,强调了诗人的内心与外物的对应关系,保持了诗与现实的艺术距离。现代化的诗的实质,是有"弹性"和"韧性"的间接表达。第三,依从蓝棣之的说法,袁可嘉所说的"新传统的寻求",与艾略特《传统与个人才能》里所说的"传统"是同样的概念,艾略特说"它含有历史的意识……就是这个意识使一个作家成为传统性的。

同时也就是这个意识使一个作家最敏锐地意识到自己在时间中的地位，自己和当代的关系"。袁可嘉将新诗现代化作为文学史责任来担当，新诗既关心社会现实问题，也关心人的价值、人的文学，关心"文学本位或艺术本位"（《"人的文学"与"人民的文学"》）。他希望用文学来定义现代意识的人，定义民主和独立。综上所述，袁可嘉的"新诗现代化"就绝不可简单地理解为"新诗西方化"，他并不是简单地移植、借用艾略特、瑞恰兹、燕卜逊的诗学理论，而是一个预设了远大价值目标的实践方案。

袁可嘉本人及穆旦、杜运燮、陈敬容、郑敏等其余"九叶派"诗人，在新诗的现代化之路上作出了难能可贵的自觉探索，使汉语新诗向成熟和深刻靠近，向诗的本质靠近。

但是，"新诗现代化"很快被历史叙事所打断。半个世纪之后，经风历雨、年过七旬的袁可嘉对"新诗现代化"作了一个全面的新的定义："从思想倾向上来看，它既坚持反映重大社会问题的主张，又保留抒写个人心绪的自由，而且力求个人感受与大众心态相沟通，强调社会性与个人性、反映论与表现论的有机统一；这就使我们与西方现代派和旧式学院派有区别，与单纯强调社会功能的流派也有区别；从诗艺上来看，它要求发挥形象思维的特点，追求知性和感性的融合，注重象征和联想,让幻想与现实交织渗透,强调继承与创新、民族传统与外来影响的结合,这又与诗艺上墨守成规或机械模仿西方现代派有区别。"(《半个世纪的脚印》)这个定义更为严谨,而理想并未消退。袁可嘉正是对人的生命体验深沉而复杂,故而对诗的生命保持了继承与创新的热情。

直到今天,如何处理诗与现实的关系、个人与大众的关系、文学与人生的关系,袁可嘉的声音依然是清晰的、中肯的。我们对新诗的现代化的思考应该继续下去,这不仅关乎诗歌审美的现代化问题,而且,关乎人的现代化问题。新诗的现代化仍未完成,对此,我们不能逃避使命。

(《斯人可嘉——袁可嘉先生纪念文集》,方向明主编
浙江文艺出版社2014年10月第1版)

后 记

常常读到好书,有时交到好友。书亦友,友亦书,从读书、交友中受益良多。有所感慨,辄随手记下。到宁波出版社工作后,与作者打交道、与书打交道的机会更多了,几年下来,遂成此册。

拨灯(拨镫),是书法执笔法之一,指实掌虚,双钩导送,轻灵活泛,如执物拨灯芯。清人杨宾说,"拨镫法"的"镫",本古"灯"字,"谓笔法将绝,如灯之将熄,拨之复明耳"。我业余写一点文艺评论和书评,水平不高,但还是讲求执笔有法,一笔一画。尽量做到有一定理论依据,不敢信口胡说,亦尽量做到有一定文艺趣味,不似八股文章。

拨灯,也有另一重意思。读书、交友、写一点评论,可以略微拨亮自己的心灯,逐渐开启自己的心扉。读和写,都是为了深入思考。写之前要深读、细读,写之时还要深思、细思。

倘若这些心得能与人分享——包括被评论者和接受者——一定能获得更多愉悦,这也是我出版这本小册子的愿望。但是,读书不多又好议论,我又为之自惭不已。

其中的一些文章,在《文艺报》《学习时报》《书法报》《青海日报》《宁波日报》《钱江晚报》《宁波晚报》《温州晚报》及《作家》《长江丛刊》《文学港》《青年记者》等报刊发表,本书付梓之际,再致谢忱。

袁志坚

2018年4月于甬江之东

图书在版编目（CIP）数据

拨灯集 / 袁志坚著. —— 宁波：宁波出版社，2018.6
ISBN 978-7-5526-3238-5

Ⅰ. ①拨… Ⅱ. ①袁… Ⅲ. ①文艺评论－中国－当代－文集 Ⅳ. ① I206.7-53

中国版本图书馆CIP数据核字（2018）第125555号

拨灯集

袁志坚 著

出版发行	宁波出版社
地　　址	宁波市甬江大道1号宁波书城8号楼6楼
邮　　编	315040
网　　址	http://www.nbcbs.com
联系电话	0574-87259609
责任编辑	晏　洋
责任校对	李　强　尤佳敏
封面设计	金字斋
印　　刷	宁波白云印刷有限公司
开　　本	787毫米×1092毫米　1/32
印　　张	8.25
字　　数	150千
版次印次	2018年6月第1版　2018年6月第1次印刷
标准书号	ISBN 978-7-5526-3238-5
定　　价	50.00元

本书若有倒装缺页影响阅读，请与我社联系调换，联系电话0574-87248279